불량한
엄마

아름다운 청소년 ❷

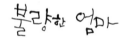

불량한 엄마

초판 1쇄 발행 2011년 8월 16일 | 초판 4쇄 발행 2013년 10월 4일
지은이 최영애 | **펴낸이** 방일권 | **펴낸곳** 별숲
출판등록 2010년 6월 17일 제398-251002010000017호
주소 경기도 구리시 교문1동 757-5호 1층 상가 중간
전화 031-563-7980 | **팩스** 02-6209-7980 | **전자우편** everlys@naver.com

ⓒ 최영애 2011

ISBN 978-89-965755-2-8 44810
ISBN 978-89-965755-0-4 (세트)

불량한 엄마

최영애 장편소설

별숲

이 땅에서 결핍을 극복하고자 애쓰는
모든 이들에게 응원을 보냅니다.

"내가 뭘 잘못했어?"

"그래도, 대들어?"

등짝을 후려치는 엄마 손에 힘이 잔뜩 들어갔다. 땀에 흥건히 젖었던 등이 따끔거렸다. 그것보다 엄마를 발로 걷어차고 싶은 마음을 누르는 게 더 힘들다. 엄마가 변했다. 그런 이유로 엄마는 많이 자유로워졌고, 나는 불편해졌다.

"제발 교복 좀 빨아 달라고!"

마음과 다른 말이 나왔다. 이 시점에 교복 셔츠를 빨아 달라는 말이, 얼마나 어린 투정으로 보이는지 알고 있다.

"교복 내가 입니?"

엄마가 방바닥에 주저앉으며 내게 또 결정타를 날린다. 나는 저런 말 때문에 더 화가 난다. 가족이 뭐냐고? 그리고 최소한 '엄마'라는 단어가 먹고 들어가는 정서가 있지 않은가.

"엄마가 하는 일이 뭐야?"

정말이다. 교복은 투정일 수 있지만 먹을 것을 안 주는 데는 미치겠다. 학교에서 급식을 먹고 여태 아무것도 안 먹었다. 심술이 나서 저녁을 하지 않는 엄마에게 교복 셔츠를 던지며 빨아 달라는 말을 한 것뿐이다. 수도꼭지를 틀고 입을 들이대든, 라면을 끓여 먹든 어차피 내 배는 내가 채웠다. 이제 와서 새삼스러운 일은 아니다. 그렇지만 배고픔도 잊을 때가 있다. 차라리 엄마가 없는 편이 낫다는 생각이 들 때, 내 머리는 돌아 버린다.

내 말에 아랑곳하지 않는 엄마가 텔레비전 앞에 팔을 베고 눕는다. 일부러 엄마 발을 확 걸어차며 라면을 끓이기 위해 주방으로 갔다. 엄마가 곱게 넘어갈 리 없었다. 내 발을 엄마가 다시 걸었다. 몸이 휘청거리고 가슴이 철렁거렸다. 엄마가 아니다.

엄마는 집에서 손도 까딱하지 않으려 한다. 요즘 정도가 더 심해졌다. 나는 엄마에게 많은 것을 바라지 않는다. 그저 교복 셔츠 빨아 주고 밥만 해 주면 된다. 그 정도의 관심만으로 만족할 수 있다. 나를 위해 무엇인가 하는 엄마를 보고 싶다. 엄마가 저렇게 된 이유가 분명히 있을 것이다.

라면을 끓이려던 마음도 싹 달아났다. 내가 밖으로 나올 때에도 엄마는 누워서 텔레비전을 보며 웃고 있었다.

답답해질 때마다 집 근처에 있는 초등학교를 찾는다. 집에서 나오면 달리 갈 곳이 없었다. 한 쪽짜리 여닫이문을 열면 바로 주방이고, 그 옆에 달랑 방 한 칸 있는 이 집에 산 것도 십 년이 넘었다. 작은 집만큼 동선도 제한적이었다. 이삿짐 차가 부지런히 골목을 들락거려도 엄마와 나는 오래도록 이곳에 이런 모습으로 머물렀다.

아버지가 다시 이 집으로 돌아올 수 있기에 엄마가 이사를 하지 않는 것이라는 생각을 한 적도 있었다. 그렇지만 그 기억도 가물가물하다. 성적표를 받아도 너 몇 등이냐고, 아무도 묻지 않는 내 성적과 같은 무관심의 장소일 뿐이다.

구렁대에 앉아서 붉은 노을에 흠뻑 젖은 운동장을 멍하니 바라본다. 바람에 까닥이는 시소 주위로 깨금발 치면서 물러가는 마지막 햇살까지 놓치지 않는다. 미끄럼틀 위에서 뒹굴다 스러지는 바람에 아버지 얼굴이 묻어온다. 내가 아버지 얼굴을 기억한다는 것은 거짓말일 것이다. 허전한 마음에 자상한 아버지 얼굴을 그려 본다. 집에는 아버지를 기억할 만한 사진도 물건도 없다.

그래도 아버지에 대한 또렷한 기억이 한 가지 있다. 병아리다. 여기 초등학교 앞에서 봄이면 병아리를 팔았다. 그러기에 집에 오다가 우연히 샀을 수도 있지만 기억 속의 아버지가 내게 준 마지막 선물이었다. 어려서 나는 유난히 살에 대한 집착이 심했다. 적당한 온기가 있는 말랑말랑한 엄마 품에 자주 안기려 했다. 나보다 멋쩍어하면서 나를 안는 엄마가 싱거웠다. 늘 무엇인가 모자라는 느낌이 들곤 했다. 아버지가 강아지를 사 준다고 했지만 엄마가 동물이라면 질색을 했다. 아버지가 병아리를 사 들고 왔을 때, 엄마의 표정은 기억에 없었다. 병아리에 정신이 팔린 나는 그날 밤 아버지가 나가는 것도 몰랐으니까.

엄마는 털이 날린다고 병아리를 싫어했다. 혹시 나도 싫어진 것은 아닐까 하는 걱정이 되었다. 다행히 병아리는 곧 죽어 주었다. 신문지에 돌돌 말린 채, 병아리는 내 눈앞에서 쓰레기통으로 들어갔다. 아버지도 어디로 갔는지 보이지 않았다. 나는 옷장을 열고, 신발장을 열면서 아버지를 찾았다. 그러다 세면기에 남아 있는 면도기를 보고 마음을 놓았다. 아버지의 물건이 있으니 곧 올 것이라는 믿음을 가졌다.

어느 날 세면기에 있던 면도기도 없어졌다. 나는 병아리처럼 아버지가 죽었을지도 모른다는 생각을 했다. 무서워서, 너무 무서워서 엄마에게 찰싹 달라붙었다. 내 몸에는 털이 날리지 않았다. 그래도 엄마는 자꾸 내 몸에서 털이 날린다고 생각하는 것 같았다.

돌이켜 보면 그때부터 내 몸에 'M'이 깃들기 시작했을 것이다.

아버지와 살 때 엄마는 이러지 않았다. 그래도 나는 믿어야 한다, 엄마가 제정신으로 돌아오는 날을. 내 몸 어딘가에 엄마의 일부분이 들어 있다. 유년의 그림이 보일 때마다 엄마는 내 마음에서 애틋하게 살아난다. 그러면 나는 달리기를 시작한다. 한 바퀴는 천천히, 다음부터 빠르게 계속 달린다. 이마에 땀이 맺히고 숨이 가빠지면 달리는 것을 멈추고 싶어진다. 엄마가 내 가슴을 뜯고 있다는 느낌에 휩싸인다. 여기서 멈추면 엄마에게 버림받을 것 같다. 엄마는 내 가슴에서 꺼지지 않는 불꽃이다.

내가 여기서 숨을 못 쉬고 고꾸라져 죽으면 누가 나를 위해 울음을 터뜨릴 것인가,에 대한 생각이 미치면 결국 엄마가 떠오른다. 엄마가 월급을 타는 날, 귀고리를 사 들고 와서 거울 앞에 한참을 있어도 끼니를 거르게 해도 나는 엄마의 일부다.

허리를 반으로 꺾고 손으로 무릎을 짚었다. 헉헉거리면서도 라면을 안 먹고 오기를 잘했다는 생각만 하려고 했다. 뛸 때는 위를 비워야 한다.

엄마는 잠이 들었을 것이다. 집을 향해 천천히 걸었다.

종례를 마치고 담임이 나를 불렀다. 이틀간 무단결석을 하고 있는 태연이가 걱정이 된다.

"교무실로 가자."

내가 다가서자 담임이 앞장서 걸었다. 태연이에 대해 묻더라도 할 말이 없다. 신학기가 시작된 지 두 달째고 태연이는 두 번째 태연하게 무단결석 중이다.

교무실로 들어간 담임이 접는 의자를 펼쳐서 내게 건넸다. 이야기가 길어질 모양이다. 책상 앞에 앉은 담임의 얼굴이 사뭇 비장하다.

"학원은 다니니?"

난감하다. 결국은 공부가 문제? 내 인생도 안팎으로 복잡하다.

"아니요."

"그럼 집에서 혼자 보내는 시간이 많겠네."

"예."

"어머니는 늦게 들어오시고?"

"일찍 오실 때도 있어요."

"학교에 한번 오시라고 해."

"예?"

"상담할 게 있어."

"어려울 것 같은데요."

"그래도 시간 내서 한번 다녀가시든가, 전화라도 하시라고 말씀드려."

"예."

태연이에 대한 말은 한마디도 하지 않았다. 교무실을 빠져나오면서 나는 망치로 머리를 얻어맞은 기분에 휩싸였다. 엄마를 왜 부르는지 물어볼 수도 있었다. 그렇지만 학원 이야기에서 내 머리는 멎었다. 내가 공부를 안 하는 것이 다른 사람에게 피해를 주는 것은 아니지만 늘 주눅이 들었다. 학원이라는 말에, 성적 때문에 엄마를 부른다는 생각이 먼저 들었다.

엄마는 결코 학교에 오지도, 전화도 하지 않을 것이다. 엄마와 의논할 내용이 성적에 관한 내용이라면 내가 감당해야 한다. 그렇지만 단순한 성적 문제는 아닐 것이라는 생각이 이제야 든다. 내 성적은 꾸준히 나빴지만 그동안 부모와 상담하자는 얘기는 없었다.

엄마와 의논할 내용이 무엇일까?

담임이 엄마에 대한 정보가 조금만 있어도 내게 이런 말은 하지 않을 것이다. 차라리 내게 문제를 털어놓는 편이 해결이 쉬울 것이다. 엄마는 나를 다 자란 어른으로 취급한다. 다시 말하면, 엄마는 내가 어른이기를 바라는 정도가 아니라 스스로 독립해서 집을 나가기를 원한다. 내게 문제가 있다는 말 자체를 인정하지 않을 것이다. 담임이 그래도 문제가 있다고 우기면 엄마는 웃으며 말할 것이다.

"사람마다 성격이 다르잖아요? 그런 것까지 따지면 세상 복잡해서 어떻게 살아요?"

엄마는 나에 대한 문제는 생각조차 하기 싫어한다. '자식이 전부'라는 말은, 박물관의 고서적에 있는 고사성어쯤으로 여기고 있다.

주머니에서 열쇠를 꺼내 문을 열었다. 딸깍거리는 소리가 집 안의 고요를 확인시켜 준다. 열쇠 구멍을 돌리는 순간, 나는 무서움에 떤다. 아무도 없는 것을 안다. 유치원 다닐 때부터 혼자 문을 열고 들어왔다. 그래도 문을 열 때마다 안에 누군가 있을 것이라는 생각이 든다. 하지만 나를 맞이해 주는 것은 방 안에 웅크리고 있는 뿌연 어둠뿐이다.

홀연히 사라진 아버지가 헐헐거리는 웃음으로 나를 기다린다는 막연한 생각이 무너지는 데는 1초도 걸리지 않았다. 형광등 스위치를 올렸다.

'따뜻한 죽 한 그릇 먹으면 좋겠다.'

방바닥에 널브러지면서 나는 가당치도 않은 희망을 가졌다. 늘 무엇인가 다가올 것이라는 생각은 내 속에서 끊임없이 일어난다. 하지만 사소한 바람에도 곧 지친다. 정확히 말하면 소외감이라는 말이 더 맞을 것이다.

내 의식은 과거의 또렷하지 못한 기억을 헤매고 있다. 그 기억의 조각을 맞추다 보면 나는 유괴당했다는 생각에 휩싸인다. 그러면 나는 어느 곳에도 속하지 못하고 세상을 홀로 떠도는 고아라는 느낌에 사로잡힌다. 그런 날이면 자꾸 무엇인가 먹고 싶어진다. 냉장고에는 유통기간이 지난 두부나 정체불명의 검은 봉지만 덩그마니 있다.

일어나 라면을 끓이는데 갑자기 찾아온 허기로 몸이 떨린다.

라면 먹는 일에 집중하려고 애를 쓴다. 막연함만큼 사람을 허탈하게 만드는 것도 없다. 다행히 아버지의 웃음이 나를 현실로 건져 올린다. 내 곁에 없는 아버지가 나를 견디게 한다.

사실, 아버지의 흔적은 집 안 아무 곳에도 없었다. 방에서 정면으로 보이는 주방에 아버지의 그릇은 없었다. 옷걸이에 주섬주섬 걸린 옷도 엄마와 내 것만 있다. 화장실에 있던 면도기도 없어진 지 오래다. 언제부턴가 코 밑이 거뭇해져 면도를 하고 싶었지만 면도기가 없었다. 내 성장을 의식해 주는 소품과 손길이 없어도 나는 꾸역꾸역 자라고 있었다. 라면 광고만 봐도 신물이 올라오지만 내 몸의 영양 상태는 아직 양호하다.

늙지 않은 아버지의 음성이 내 몸 어딘가에 숨어서 나를 응원하고 있다. 아버지는 기억상실증에 걸려 집을 찾아오는 길을 잃었을 수 있다. 엄마가 내게 무심할수록 아버지에 대한 기억은 자꾸 관대한 쪽으로 움직였다.

그럴수록 엄마에 대한 원망의 속도는 빨라졌다. 스스로 빨 수 있는 교복 셔츠나 혼자 해 먹을 수 있는 밥에도 심술을 부렸다. 엄마가 보이는 무관심이 무서웠고 외로웠다. 그래서 엄마에게 투정을 했다. 밥해 달라고, 교복 셔츠 빨아 달라고. 엄마는 그런 나를 상대도 하지 않는다. 그러면 금세 깨닫는다. 구호는 구호일 뿐이라는 것과, 아버지에 대한 기억도 공중에 날리는 삐라와 같다는 것을.

그즈음 M과의 교신도 뜸했다. M은 영리했다. 내가 엄마나 태연이에게 관심을 보일 때 M은 오지 않았다. 그렇다고 내가 M을 기다렸다는 것은 아니다. 때로는 M이 나타나면 두렵기도 했다. 지금이 그렇다. 담임이 엄마와 상담하려는 내용도 M과 관련이 있다는 생각이 드는 것은 왜일까?

'학교에 오라는 말을 해 보기나 할까!'

담임 말을 전하는 것까지는 괜찮다는 생각을 한다. 담임은 엄마에게 시비 걸 빌미를 주었다.

"눈 떴으면 일어나지 뭐 해?"

머리맡에서 손에 묻은 물을 툭툭 털면서 엄마가 말했다. 서늘하다. 시간을 가늠하기 어려웠다. 꽤 오랫동안 잠이 들었던 모양이다.

"몇 시야?"

엄마 눈을 응시하며 잠꼬대하듯 물었다.

"밤이 늦었어. 무슨 잠을 그렇게 오래 자."

"머리가 아파서."

"네가 무슨 일을 한다고 머리가 아파?"

"그래도 아플 때 있어."

"어쨌든 밥 먹자."

다행이다. 이런 날은 엄마가 퇴근을 하면서 장을 봐 온 날이다. 죽을 먹고 싶은 소원이 이루어진 것이나 다름없다. 이럴 때 엄마와 나 사이는 감쪽같이 좋아진다. 엄마와의 관계는 끊어질 듯 이어진다.

"머리 아프다는 말, 거짓말이네!"

"정말 아팠다니까."

"근데 그렇게 잘 먹어?"

엄마 말을 귓등으로 들으며 나는 된장찌개를 숟가락에 가득 담아 입에 넣었다. 맛있다. 엄마와 함께 밥을 먹고 말을 나누는 것으로 내 입은 이미 벌어졌다.

"담임이 엄마 좀 보자는데."

숟가락으로 밥알을 싹싹 긁으며 나는 대수롭지 않게 말했다. 어떻게 말하든 나온 답이다. 최대한 내가 상처를 덜 받기 위한 방법이다. 더불어 엄마를 끊임없이 내 구역으로 끌어들이려는 노력이기도 하다.

"뭐하러?"

"상담하자는 거겠지!"

"바쁘다고 해."

"웬만하면 가지!"

"가서 바뀔 게 뭐가 있어?"

한마디 달랑 하고 엄마가 냉장고 앞으로 간다. 나는 숟가락을 내려 놓고 빈 그릇을 모았다. 된장찌개는 내일 아침까지 먹어도 되겠다.

"설거지해."

컵에 물을 따라 마시면서 엄마가 내 기분을 헤집어 놓는다. 말 안 해도 설거지는 하려고 했다. 학기 초에 하는 환경 조사서에 엄마는 핸드폰 번호도 적지 말라고 했다. 쓸데없이 전화 오면 귀찮다는 말을 붙여 가면서 말이다. 그리고 내게는 핸드폰도 사 주지 않았다. 그래서 태연이 핸드폰 번호도 모른다. 그렇다고 공책이나 수첩에 번호를 적는 것도 번거로운 일이다. 내 머릿속에는 다른 사람과 연결될 전화번호가 없다. 내가 세상에서 고립되어 가는 첫 번째 이유가 될 것이다.

"싫어!"

인내심은 바닥까지 드러났다. 나는 상을 밀치고 밖으로 나왔다. 문 뒤로 엄마가 악을 써 대는 소리가 들린다. 설거지는 엄마가 제일 싫어하는 일이다.

초등학교로 왔다. 달리면 잠시 모든 것을 잊을 수 있다. 내 몸에 쌓이는 불길한 에너지를 방출할 필요가 있다. 에너지가 때로는 나쁜 힘으로 작용한다. 바닥까지 드러난 인내심이지만 아직은 그것을 막을 정도는 된다. 하지만 시간이 충분치 않다. M이 다가오는 기운이 느껴진다.

포만감 때문에 뛰지는 못하고 천천히 운동장을 돌았다. 머릿속에서 담임의 말이 뱅뱅 돌았다. 학교를 다니면서 한 번도 상담이라는 것을 해 본 적이 없다. 내게 관심을 갖는 담임이 불편해진다. 잠시나마 엄마와 좋았던 시간을 담임이 헤쳐 놓았다는 생각이 든다.

사흘을 끝으로 태연이가 교실에 나타났다.
"학교가 동네 놀이터냐?"
"미안하다!"
내 말에 태연이가 쩔쩔맸다. 딱히 내게 왜 미안한지는 모르겠다. 담임도 태연이가 교실에 있는 둥 마는 둥 별 신경을 쓰는 눈치는 아니었다. 담임에게 개인적으로 결석에 대한 양해는 구한 눈치다. 하지만 나는 태연이가 학교에 나오지 않는 이유를 모른다. 아팠다는 느낌도 없다. 그렇지만 며칠 만에 슬쩍 나타난 태연이는《우주의 수수께끼》라는 책을 펼친 나흘 전 모습 그대로다.
"블랙홀로 빠져들 놈!"
내가 하는 말에 싱긋 웃을 뿐 태연이는 아무런 대꾸가 없다. 그저 곰 같다는 말밖에 안 나온다. 그래도 태연이가 내 옆자리에 있으면 좋다. 누가 말을 시키면 얼굴부터 붉어지는 태연이가 우주에 대한 책을 읽는 것도 어울려 보인다. 태연이는 부끄러움 많이 타는 별에서 왔을 것이다.

점심시간에 담임이 다시 나를 교무실로 불렀다.

"어머니 핸드폰 번호가 없네."

"엄마, 핸드폰 없어요."

"그럼, 네 어머니와 어떻게 연락을 하지? 집에 전화를 해도 받지 않던데."

담임이 집으로 전화를 한 모양이다. 내가 없거나 엄마가 안 들어왔으면 전화를 받을 사람이 없다. 또 엄마는 전화기와 떨어진 자리에 있어도 받지 않는다. 엄마와 관련된 모든 통화는 핸드폰으로 한다. 물끄러미 나를 쳐다보며 담임이 난감한 표정을 짓는다. 물론 방법은 있다.

"제 일은 제가 해결해요. 저한테 말씀해 주세요."

"함께 사는 사회다. 네 어머니도 아셔야 해. 오늘 밤 늦더라도 선생님이 너희 집에 전화할게. 미리 말씀드려."

"예."

담임도 고집을 꺾지 않았다. 공손하게 대답하는 일 외에는 내가 할 말이 없었다. 오지 않겠다는 엄마의 코를 꿰어 끌고 올 수는 없고, 담임이 하는 대로 둘 수밖에 없다. 엄마에게 황당한 소리를 들을 담임 얼굴을 생각하니 몸이 확 달아오른다. 엄마라고 다 엄마는 아니다.

나쁜 내 기억력 덕분에 엄마가 엄마로 남아 있을 수 있다.

담임에게 인사를 하고 교무실을 나왔다.

엄마 때문에 이런 감정을 겪는다는 생각에 부아가 치밀었다. 한두 번이 아니다. 신입생 예비 소집일 날, 받아 온 등록금 고지서를 보고 엄마는 고개를 갸웃거리며 내 마음을 긁어 댔다.

"고등학교는 의무교육 아니네!"

"중학교 공짜로 다녔으면 됐지!"

"공짜는? 급식비에 교복값에 든 돈이 얼만데?"

"그렇게 아까워?"

"너 같으면 안 아깝겠니?"

결국은 학교를 다니지만 엄마는 내게 어떤 것도 해 주지 않았다. 엄마의 그런 행동에 나는 익숙해 갔다. 이런 엄마와 상의할 일이 무엇인지 모르겠다. 내게는 언질도 주지 않는 문제가 궁금하다. 담임에게 엄마의 실상을 말해야 되지 않나 하는 조바심마저 든다.

농구를 하러 가는지 아이들이 복도를 우당탕거리면서 지나간다. 창턱에 팔을 괴고 밖을 내다보았다. 목련꽃이 백리향 위로 떨어진다. 그 사이로 촘촘하고 발이 고운 햇살이 터진다. 눈이 시리다. 저쪽 어딘가에 있는 M에게 가고 싶은 마음만 든다.

따르릉, 따르릉.

드디어 전화벨이 울린다. 집에 전화가 오는 경우는 거의 없다. 담임이 틀림없다. 아홉 시다. 담임은 저녁 뉴스도 포기했나 보다. 망설이다 전화를 받았다.

"여보세요?"

"영락이구나! 어머니는?"

"아직 안 들어오셨어요."

"밥은 먹었니?"

"예."

담임 말에 배가 고파진다.

"정말 어머니 핸드폰 없니?"

"예."

담임에게 엄마는 끝까지 핸드폰이 없는 사람으로 남아야 한다.

"그럼, 어떻게 하나!"

딱히 내게 묻는다기보다 담임 혼자 하는 말이었다. 담임이 그만 포기하기를 바랐다. 내가 학교에서 특별히 문제를 일으킨 적은 없다.

"무슨 일인지 제게 말씀하세요. 엄마는 바쁘세요."

"내일 점심 먹고 상담실로 와라."

담임이 할 수 없다는 목소리로 말했다. 엄마의 무관심에 담임도 대책이 안 서는 모양이었다. 내일 담임 입에서 나올 말이 궁금해진다.

엄마가 들어올 때, 나는 컴퓨터 앞에 앉아 있었다. 전단지의 글씨 오리는 일도 안 한 지 꽤 오래되었다. 화면의 시각은 12시 5분이다.

엄마는 화장실로 바로 가 세수를 한다. 빨간색 하트 모양이 있는 고무줄 바지로 갈아입고 스킨을 바른 얼굴을 요란하게 두드리며 내 앞으로 다가온다. 엄마가 외모에 신경 쓰기 시작할 무렵, 내 가방에는 전단지가 가득 쌓여 갔다.

"안 자?"

"잘 거야."

"혹시, 너 고시원 갈 생각 없니?"

"고시원?"

나는 엄마의 새로운 이벤트에 눈을 반짝였다. 공부를 하라고, 그래서 내 앞길을 닦으라는 말로 들렸다. 나도 답답할 때가 많았다. 우주에 대한 책에 골몰하는 태연이도 부러웠다. 내가 가야 하는 길을 몰랐다. 이럴 때, 누군가 내가 갈 길을 알려 주는 것은 가슴 벅찬 일이다. 그런데 하필 고시원일까?

"거기서 먹고 자면서 독립할 준비를 하는 거야."

"먹고 자?"

"응. 너도 혼자 생활해 보는 거 어때?"

정말 강력한 이벤트다. 하지만 나는 이벤트의 정확한 의미를 찾지 못했다. 엄마 말을 이해하지 못했다. 집을 나가라는 말 같기도 하다. 나는 절대로 가출하는 아이들을 이해하지 못한다. 나는 빠르게 엄마의 진심을 읽으려 했다.

"교복 내가 빨게."

비굴한 기분이 들었다.

"엄마 혼자 살아 보고 싶어."

"밥해 달라고 하지 않을게."

내 목소리는 작아지고 탁탁 갈라졌다.

어느 날 아버지가 보이지 않아서 이상했다. 그렇지만 엄마는 아버지에 대한 말을 해 주지 않았다. 뿐만 아니라 아버지도 내게 한마디 말 없이 사라졌다. 예닐곱 살 무렵이었다. 그 후부터 한집에서 밥을 먹고 같이 잠을 잔 사람이 순식간에 사라질 수 있다는 생각이 내 밑바닥에 깔리기 시작했다. 아버지의 존재가 사라졌다는 확신이 들자 나는 엄마 그림자 속에서만 움직이려고 했다. 다니던 유치원도 가지 않았다. 아침마다 악을 쓰며 울어 대는 나를, 엄마는 품어 주면서 달랬다.

엄마 옆에 있으면서도 불안했다. 혹시 엄마가 연기가 되어 이 방에서 사라지는 것은 아닐까, 낮잠을 자고 일어나면 엄마가 없어질까 봐 내 잠은 얕게 흔들렸다. 내 집착에 엄마는 진절머리를 내기 시작했다.

그런 내게 엄마는 돈을 벌어야 한다며 나를 위협했다. 나는 특별히 용기 있는 아이가 아니었다. 엄마의 위협에 나는 굴복했다. 생계를 위해 엄마는 직장을 나갔다. 다시 나도 유치원을 갔고, 혼자 열쇠로 문을 열고 들어왔다. 엄마를 기다리는 동안 백 번도 더 문을 쳐다보면서 혼자 집을 지켰다. 엄마의 힘이 세지기 시작한 첫 번째 사건이다.

"봐, 다 할 수 있지!"

저녁에 들어와서 하는 엄마의 말에 나는 눈물을 찔끔거렸다. 나는

다 할 수 없었다. 텔레비전을 보면서, 게임을 하면서도 무서웠다. 혹시, 엄마가 들어오지 않을 것이라는 불안에 떨었다.

엄마 생각은 날이 갈수록 진화해서 오늘에 이르렀다. 이제는 내가 집을 나가서 다 할 수 있기를 바라게 되었다. 지금까지의 상황으로 보면 거의 엄마 뜻대로 일이 되었다. 내 뜻은 아무 소용이 없었다.

밤 열두 시를 넘기고 들어와 아들에게 고시원 가서 살라는 엄마가 있으면 나와 보라고 소리 지르고 싶다. 전단지의 글씨 오리는 일도 효력이 없어졌다.

학교에서 무슨 일로 엄마를 부르는지조차 생각지 않는 엄마다. 그래도 내가 기대하는 것은 엄마와 함께 지내는 것이다. 엄마의 생각이 더 진화하도록 내버려 둘 수 없다. 엄마의 관심을 다른 데로 끌어 고시원 일을 잊게 하는 게 최선이다. 나는 바짝 긴장했다.

"내일 학교 가면 안 될까?"

"자꾸 학교 얘기는 왜 해?"

"담임이 오라잖아."

"내일 갈까?"

엄마가 내게 흥정을 하고 있다. 선심을 쓰면서 내 입에서 고시원으로 간다는 말이 나오게 하려고 한다. 나는 엄마에 대해 모르는 게 없다. 이제는 들이대는 수밖에 없다.

"아빠가 집 나갈 때, 나도 같이 보내지 그랬어?"

"아빠?"

"그래. 아빠!"

"아빠는 이제 우리와는 상관없는 사람이야. 너는 엄마한테 덤으로 얹혀살고 있는 거야."

"고아원으로 갈게."

"심통 부리지 말고!"

"고아원하고 고시원이 뭐가 달라? 차라리 엄마한테는 고아원이 더 좋잖아?"

"뭐가?"

"고시원 가면 돈 들잖아?"

"그 정도는 대 줄 수 있어."

"고아원은 한 푼 없어도 되잖아?"

"참, 고아원 가기에 네 나이가 많지 않니?"

엄마의 상식도 확장됐다.

"엄마가 있는데 괜히 고아원 입에 올리고 그러지 마."

나긋한 음성으로 엄마가 다시 말했다.

"엄마라는 생각은 하는 거야?"

"당연하지! 엄마가 너 때문에 못 한 일이 얼마나 많은데."

"그러니까 고시원으로 가라고?"

내 목소리는 이미 작아졌다.

나는 엄마에게 등을 돌리고 마우스를 클릭했다. 천천히 화면이 없어진다. 어두워진 화면 속으로 화장대 앞에 앉은 엄마의 등이 보인다.

2

"몇 시에 갈까?"

나는 못 들은 척하고 신발을 신었다.

"까다롭게 굴지 말고!"

문을 열었다.

"그럼 네 손해지, 학교는 안 간다."

엄마 말이 등 뒤에 찰싹 달라붙었다. 엄마 말은, 학교는 안 가도 내가 고시원은 가야 한다는 말이다. 이미 작정을 했다. 내가 몸부림을 쳐도 고시원에 가야 한다는 것을 안다. 빈말을 하지 않는 엄마 성격마저 나는 알고 있다. 나를 놓을 듯 말 듯하다 드디어 마음을 굳힌 것이다. 도대체 엄마와 나는 어디부터 잘못된 것일까?

이런 엄마에게 나를 맡기고 떠난 아버지도 비인간적이다. 오늘 아침에서야 나는 드디어 아버지에게 적의를 품기 시작했다. 공부를 못하고, 텅 빈 위장으로 집 지키는 개가 된 것이 모두 아버지 탓이었다. 나를 유기한 사람이 아버지라는 사실을 알아차렸지만 나는 경찰서 대신 학교로 갔다. 공소시효가 끝났을 것이다. 이제 아버지도 내게 벗어나 자유를 찾았다.

점심을 먹고 상담실로 갔다. 무단결석을 한 태연이가 아닌 내가 상담실에 오게 될 줄은 몰랐다.

커피를 마시고 있던 담임과 원탁 테이블에 마주 앉았다.

"어제는 집에서 뭐 했니?"

뭐 했다고 말할까, 선생님은 뭐 하셨어요?

"누구라도 마음을 터놓고 말할 사람이 있니?"

"……."

"뭐라고 말할까? 탈선이나 자살에 대한 생각을 해 본 적 있니?"

"예? 아니요."

"어느 날, 느닷없는 탈선이나 자살은 없다고 하더라. 사람들은 무엇이든 조금의 가능성은 있지. 그 가능성을 낮추는 것을 준비라 하고……."

담임이 말하는 의도를 도저히 모르겠다. 같이 탈선을 또는 자살을 하자는 것인지, 그런 사람이 태연이라서 짝인 나와 의논을 하자는 것인지……. 나는 담임 얼굴만 바라보았다. 엄마를 목매고 찾더니 뜬

금없는 말로 사람을 당황하게 만든다. 이런 일은 담임이 아닌 엄마만으로 충분하다.

"영락이 네게 말을 돌려서 하고 싶지는 않다. 학기 초에 한 적성검사 말인데, 네가 무척 불안한 심리 상태로 나왔어. 학교도 이제는 예전처럼 주먹구구식으로 학생들에게 접근하지 않아. 개인의 문제는 개인적으로 접근해서 해결해야 한다는 의견이 우세하지. 이번에 우리 학교가 시범학교로 지정되어 네가 그 특혜를 받게 된 것이야. 서울시에서 운영하는 청소년 센터에서 일주일에 한 번씩 너희 집으로 상담 교사가 가실 거야. 그분한테 네 어려움이나 고민을 말해 봐."

점심 잘 먹고 왔는데 위에서 밥이 탁 걸린 느낌이다. 이제는 임상 실험까지 하라고 한다. 문제는 엄마에게 있다. 불안한 심리는, 엄마와 살면 당연히 생기는 문제다. 그렇지 않으면 그게 더 이상하다. 나는 결코 문제를 일으키지 않았다. 학생이면서 공부를 못하는 게 문제라면, 그 부분만은 어쩔 수 없다. 그래도 할 말은 있다. 내가 공부를 필요로 하지 않는다고.

"영락아! 너는 다듬으면 충분히 좋은 학생으로 거듭날 수 있다고 선생님은 생각한다."

나도 알고 있다. 그런데 무엇을 어떻게 다듬어야 하는 것일까? 내 안의 문제는 나도 인식하고 있다. 문제를 파악한다고 해서 답이 꼭 나오는 것도 아니다. 내가 엄마를 잘 알고 있지만 꼼짝을 하지 못하는 것과 같다.

"네 고민을 들어 줄 사람이 있다는 것은 좋은 일 아니니?"

"우리 집을 어떻게 알고?"

겨우 머릿속에서 나온 말이 헛다리 짚는 격이 되었다.

"주소 있잖아. 먼저 전화가 갈 거야. 네 어머니한테 말씀드리고 상의해서 하려고 했는데, 선생님 재량으로 결정한 거니 잘 따르기 바란다."

혼자 살게 될지도 모른다고, 고시원으로 가게 될 거라고 말하고 싶었지만 입이 열리지 않았다. 상담을 받으려면 엄마 손 잡고 함께 받아야 한다. 다시 말하지만 내 불안은 엄마한테서 나온 것이다. 억울하다.

담임의 시선이 내 등에 계속 꽂히는 것을 느끼며 상담실을 나왔다. 지금은 엄마 비위 맞추는 것도 힘겹다. 상담 교사까지 내 인생에 등장할 필요는 없다. 전화는 받지 않으면 된다. 태만하지도 열정적이지도 않은 담임의 태도가 비위에 거슬렸다.

이번에 우리 학교가 서울시와 방과 후 교육 협약을 맺었다. 그 첫 번째 대상이 나다. 담임의 전화를 받고 학교 홈페이지에 들어가서 알게 된 사실이다. 서울시에서 운영하는 청소년 센터의 사업 목표도 찾아봤다.

'불안한 질풍노도의 태풍을 잡아 줄 역할이 필요한 청소년들이 갈수록 늘어나는 현 시점에 비추어 볼 때……'

사업 목표는 원대했다. 나는 바람막이 없는 벌판에서 뒹구는 서울시의 실천 사항이 된 기분이었다.

내게 소용돌이치는 태풍의 정체가 엄마라는 것을 누가 알까?

혹시 내게 나타나는 M의 환영이 적성검사에서 드러난 것은 아닐까? 아닐 것이다. 나 자신마저 M의 정체를 불확실하게 여기는데 다른 사람이 눈치챘을 리는 없다.

교실에 왔더니 태연이는 여전히 우주에 대한 책을 읽고 있다.

"네가 살던 행성으로 가고 싶은 거야?"

태연이가 멍한 표정으로 나를 본다. 내가 턱으로 태연이가 읽고 있는 책을 가리켰다. 코페르니쿠스의 지동설을, 여러 개의 망원렌즈로 만든 망원경으로 갈릴레이가 확인하는 내용이었다. 갈릴레이의 발견은 관심과 관찰에서 시작되었다. 태연이가 읽는 책을 곁눈질하면서 슬쩍 훔쳐 본 내용이다. 내게 관심을 가진 것은 학교에서 한 적성검사이고, 그 결과를 담임이 관찰했다. 그 뒤에 나온 발견이, 자살이나 탈선. 두 가지 중 하나라도 선택하고 싶은 마음은 없다. 담임, 사람 잘못 골랐다.

"정말 그럴 거라는 생각은 아니지?"

한참 만에 대답하는 태연이가 미련하게까지 보인다. M에게 떠나고 싶은 것은 나다. 그렇지만 나는 확신한다. M이 찾아온 것도 엄마 탓이라는 것을. 담임에게 선택될 만큼의 문제는 내게 없다. 그러면 M의 존재를 담임에게 말하는 편이 나을 수 있다. 그렇지만 M을 설명할 방법이 없다. 담임의 뜻에 나를 맡겨야 한다는 결론만 나온다.

고시원에 가면 어떻게 될까?

상담 선생은 나를 어떻게 할 것인가?

엄마 입에서 고시원이라는 말이 나왔으니 최소한 한 달이라도 나는 집을 떠나 있어야 한다. 고시원과 상담 선생이 섞여서 머릿속이 잡탕찌개가 된 느낌이다.

엄마가 일찍 들어왔다. 점심도 먹지 못하고 알아본 고시원이 꽤 괜찮다는 말을 하는데 얼굴이 환하다. 고시원이 괜찮아서인지, 혼자 살수 있다는 것이 좋아서인지는 구별이 안 간다.

"내일, 학교 갈까?"

이미 끝난 일이다.

"그렇게 좋아?"

"뭐가?"

"학교 안 와도 된다고 했잖아?"

"맞다!"

내 인생의 수레바퀴가 방향을 틀고 있다. 언제나 그랬듯이 조종사는 내가 아니다. 내 나이에 할 수 있는 일은 그리 많지 않았다. 내가 할 일은, 주어진 환경에 나를 맞추거나 반항하는 일이다. 하지만 반항은 어렵다. 받아 주는 사람이 없다. 지금의 배경으로 돌아오는 일도 불가능하다. 엄마는 나를 고시원으로 내몰 준비를 마쳤다. 힘이 세진 첫 번째 사건 이후로 엄마는 갈수록 막강해졌다.

엄마는 마지막 만찬을 준비하듯 주방에서 분주하다. 예수도 마지막 만찬을 위해 당신이 재료를 준비해서 요리를 했을까? 엄마는 나의 예수님이다. 나는 엄마에게 유다가 아니다. 그렇다 해도 예수는 유다를 품었다.

방이 두 칸이라도 됐으면 고시원으로 가지 않을 것이라는 생각도 든다. 분명, 엄마 혼자 이 방에 있기 위해 나를 내쫓지는 않을 것이다.

내 기억으로 엄마는 나를 참 좋아했다. 초등학교 저학년까지는 아마 불쌍하게 여겼다는 느낌도 든다. 가여운 녀석, 하면서 엄마는 나를 곧잘 안았다. 그러면 나는 엄마 품에서 한결 처량한 목소리로 물었다.

"내가 왜 가여워?"

"혼자니까."

"엄마도 있고, 아빠는……."

"네 아빠는 없어!"

엄마는 나를 안은 채 목소리를 높였다. 내 기억 속에 다정하게 자리 잡은 아버지에 대해 물을 때, 엄마는 날카로워졌다. 송곳 같았다. 지금 생각해 보면, 나는 엄마의 마음을 저울질했던 것 같다. 아버지를 그리워하는 마음을 보이면 엄마가 잘해 줄 것이라는 영악한 속셈이었다. 하지만 내 꾀는 쓸모가 없었다. 언제부터인가 엄마는 내가 무엇을 하든 반응을 보이지 않았다. 그저 쓱 쳐다보고 끝이었다.

엄마와 함께 있으면서도 엄마 품이 그리웠다. 그래서 아버지에 대해 묻지 않았다. 그렇지만 엄마는 다시 나를 품에 안으려 하지 않았다. 그래도 나는 엄마의 애정에 의심을 품은 적은 없다. 나를 좋아하던 그 기억을 복원시키려는 마음만 커졌다.

"밥 먹자!"

내 생각의 실타래를 헤집으며 엄마의 명랑한 목소리가 끼어들었다.

밥상에는 새로 한 반찬이 올라와 있다. 준비를 많이 했다. 일상적인 일들이 내게는 과분한 대접이라는 느낌으로 다가온다.

새로 한 오이김치와 돼지고기 볶음으로 나는 목까지 넘치게 밥을 먹었다. 된장찌개는 또 얼마나 맛있는지, 한 번씩 마음먹고 상을 차리면 엄마는 기막힌 솜씨를 보이곤 한다. 여러 가지로 나는 엄마에게 후한 평점을 주고 있다.

밤이 깊어 간다.

엄마는 얼굴에 팩을 한 채 잠이 들었다.

나는 엄마 눈에서 콩깍지가 벗겨진 아들이다. 고조선 시대의 팔조법금을 시작으로 법은 쭉 늘어났다. 법이 사람의 행동을 제한하는 것은 멋진 일이다. 아직까지 법 항목은 더 늘어나야 한다. 최소한 엄마는 법은 지키는 사람이다. 엄마의 의무를 법으로 정했으면 좋겠다. 자식에게 콩깍지가 벗겨진 부모 눈에는, 법으로 다시 콩깍지를 씌워 주어야 한다.

엄마가 벽 쪽으로 얼굴을 돌린다. 팩의 균열이 심하다. 내일 아침은 엄마의 신경질적인 목소리에 잠이 깰 것이다.

이번 토요일에 나는 고시원으로 간다. 고시원까지는 집에서 30분 정도 걸린다고 한다. 혼자 등교하려면 알람 시계가 있어야 하니 큰마음 먹고 핸드폰도 사 준다고 했다. 또 주말이면 집에 들러도 된다는 말을 할 때는 입이 한 바가지는 벌어졌다. 모양 있게 집을 나가고 싶지만 갈 곳이 없다. 혼자 살고 싶어서 환장을 한 엄마에게 이제는 사정하고 싶지 않았다. 그저 입만 꾹 다물고 있었다.

엄마에게 떨어져 나왔을 때, 나 스스로 얼마나 살 수 있을까? 엄마가 없어도 하루를 보내는 데 큰 문제는 없었다. 그렇지만 나는 밤마다 엄마를 기다렸다. 고시원에 가면 그 기다림은 필요 없는 것이 된다.

기다림은 내게 오래된 습관이었다. 습관을 바꿀 수 있을지, 바꾼다 해도 고시원에서 내가 할 수 있는 일은 무엇일까?

엄마 얼굴에서 팩을 살짝 떼어 냈다. 팩은 이미 말라 있었다.

고시원 방에서, 한의원에 다니는 엄마의 수입으로 이만큼이나마 살 수 있다는 것을 감사하게 여겨야 하는 일만 남을 것이다. 자격증 없는 간호조무사가 엄마 직업이다.

도대체 저런 엄마에게 나를 맡기고 떠난 아버지의 마음은 무엇일까? 병아리가 대단한 선물이라고 생각했다. 병아리가 죽자, 나는 아버지의 마음을 아프게 했다는 생각까지 했다. 내게 마음으로 준 선물을 잘 돌보지 못한 실수를 오래도록 곱씹었다. 엄마가 병아리를 싫어했기에, 혼자 눈물을 닦아 내곤 했다.

기억이라는 것을 믿는다면 아버지는 다정한 사람이었다. 그렇지만 엄마에 대해 알수록 다정한 아버지에 대한 기억에 의심을 품어야 했다. 엄마를 믿고 나를 두고 떠난 아버지는 무책임한 사람이다. 최소한 나에 대해서는 그렇다. 아버지를 호의적으로만 생각했던 나 자체가 바보스러웠다.

엄마와 아버지는 형제나 친척이 없었다. 실제로 있을 수도 있지만 왕래가 없어서 나는 그렇게 생각해 버렸다. 아버지가 사라졌을 때도 엄마는 어디론가 전화 몇 통만 했다. 누군가 와서 아버지의 행방을 함께 걱정해 주는 사람도 없었다. 크면서 일가붙이가 없는 것도 쓸쓸한 일이라는 마음이 들었다. 그런데 어느 날, 외할머니가 오셨다. 내게 눈길 한번 주지 않는 외할머니는 무척 낯설었다.

"고아원에 보내든가, 제 아비한테 보내라!"

나를 두고 한 말이었다.

"제 일은 제가 알아서 해요."

엄마가 먼저 자리에서 일어나 문을 열고 서 있었다. 어서 가라는 행동이었다. 미동도 하지 않던 외할머니가 엄마 어깨를 밀치고 나가셨다. 당연히 내 입장에서는 할머니가 미웠지만 엄마 눈치를 보느라 아무 말도 하지 못한 기억이 있다.

그때부터 나는 엄마가 나를 고아원으로 보낼까 봐 불안했다. 유아기부터 버려질 것이라는 불안은 내 주위를 맴돌았다. 나를 찾지 않는 '아비' 한테 갈 수 없다는 것을 알았다. 아버지가 어디에 있는지 엄마가 안다는 생각이 무심결에 들었다. 그렇지만 나는 그 말을 물을 수 없었다. 엄마가 외할머니 말을 들을까 봐 무서웠다. 결코 아버지는 나를 받아들이지 않을 것이라는 것은, 생각보다 몸이 먼저 알았다. 내 생존의 반은 두려움이었다.

시험지에 사인을 하면서도 엄마는 잘했다거나 못했다는 말은 하지 않았다. 그저 엄마 이름, 김선희만 썼다. 그래서 혼자 생각했다. 엄마가, 외할머니 생각이 나서 그러는 것이라고. 속상하면 그럴 수도 있다고 엄마를 이해했다. 나는 그렇게 늘 엄마 편에서 생각을 했다. 내가 살 수 있는 생존의 법칙이기도 했다. 하지만 내가 그 법칙을 잘 지킨 것만은 아니다. 현관문 열쇠를 잃어버렸다거나 가벼운 복통을 맹장일 수도 있다는 말로 수시로 엄마를 불러들였다. 법칙을 지키지 않은 결과로 나는 거짓말쟁이가 되어 갔다. 그리고 엄마는 내게 더욱 무심해졌다.

이틀 후에 내가 고시원으로 가면 엄마는 정말 행복해질까? 처절하고도 유치하게 지켜 왔던 엄마의 곁에서 벗어나면 나는 어떻게 될까?

나는 엄마의 행복을 바란 적이 없었다. 생각한 적이 없다는 말이 맞다. 그저 내 입으로 들어오지 않는 밥을 구실로 엄마만 닦달했다. 엄마이기 때문에 밥은 해 주어야 한다고, 그러면 좀 일찍 들어와야 한다는 내 말에 엄마는 함박웃음으로, 그렇지? 한 적이 있었다. 그 약발이 끝난 지 석삼년이다.

그래도 고등학생이면서 핸드폰도 없고, 과외는 고사하고 학원도 다닐 생각 못 하고, 대학에 대한 생각은 알아서 차단시킨 엄마에 대한 불만을 토로하는 것을 멈추지 못했다. 그러다 할머니가 고아원이나 보내라는 말이 떠오르면 불만은 눌러졌다. 그래도 할머니 말을 거스르면서 나를 돌보고 있는 엄마가 막연히 고맙다는 마음이 드는 것은, 내 천성이 착하다는 것 외에는 설명할 길이 없다.

이번 주말이다! 내 기다림이 자동 소멸되는 날이.

고시원에 가서 공부를 할까, 그래서 훌륭한 사람이 되어 엄마가 잘못했다는 말을 내 앞에서 하게 할까. 내 공부 따위에는 관심이 없는 엄마에게 자랑한다는 것도 우스운 일이다. 내가 무엇을 해도 엄마의 관심 밖일 것이다.

엄마가 깨지 않도록 나는 이불을 살짝 덮으면서 누웠다. 그래도 엄마가 있으면 여름에는 집이 더 시원해졌고, 겨울은 따뜻했다. 그렇게 엄마는 내 체온마저 변하게 하는 막강한 힘을 가졌다.

그런 엄마가 나를 보지 않으려 한다.

학교를 마치고 집으로 가는데 마음이 비장하다. 화가 나서 몸에는 힘이 잔뜩 들어갔다. 내가 집에서 나와야 하는 이유도 여전히 오리무중이다. 엄마 말대로 독립해서 혼자 살아 보라는 것은 이유가 아니다. 엄마가 남자와 살 것이라는 것도 내 추측이다. 솔직한 성격의 엄마가 그 말을 하지 않는 것을 보면 아닐 수도 있다. 그렇다면 엄마가 정말로 나를 싫어하는 것이 맞는 것일까?

전에는 엄마가 왜 늦게 들어왔는지 모르겠다. 교복도 벗지 않았는데 엄마가 들어온다. 양손에는 비닐봉지가 주렁주렁 달려 있다. 나는 본 척도 않고 방바닥에 길게 누웠다. 엄마는 부스럭거리며 봉지를 열고 냉장고와 개수대에 물건들을 분리해 넣었다. 누워 있었지만 내 눈과 귀는 엄마를 좇았다.

저녁을 먹자마자 엄마는 옷을 꺼내 정리하고 있다. 마치 엄마가 서둘지 않으면 내가 집에서 나가지 않을까 봐 염려하는 태도다. 내 입으로 고시원에 간다는 말은 하지 않았다. 대답하지 않은 내 태도를 보고 엄마가 추진하는 일이다. 집을 나가기 싫다는 의사표현은 충분히 했다. 그럼에도 엄마는 내 말을 들은 척도 하지 않았다. 엄마의 권유는 강요다. 그동안 나와 사는 것을 어떻게 참았는지 신기할 정도다.

이제야 이해가 된다. 콩깍지가 벗겨졌다는 말은 그래도 애교다. 엄마는 아버지가 집을 나간 후, 나에 대한 마음도 버렸다.

고시원으로 갈 것이다. 엄마에게 한 번 더 부탁하려던 마음을 곱게 접었다. 혼자 살아 보는 것은, 내 나이가 소망하는 일이기도 하다. 짐 정리하는 엄마를 두고 집을 나왔다. 그렇다고 마땅히 갈 곳도 없다. 어울릴 친구마저 없는 내 열일곱 살이 참 무능하다.

날씨가 꽤 쌀쌀하다. 사월이 속절없이 가면서 뿌옇게 내뿜던 황사도 잦아들었다. M이 나타나기 좋은 때다. 지금의 상태는 최악이다.

운동장에는 사람들이 꽤 붐볐다. 봄이 깊어지면서 동네 주민들이 많이 드나들었다. 가족끼리 나온 그들은 운동보다 떠드는 시간이 많았다. 그들이 하는 잡담이, 내가 갖지 못한 소소한 행복으로 보인다.

운동장 맨 가장자리로 돌았다. 이제 여기도 오지 못할 것이다. 고시원에 가더라도 엄마가 주말에는 집으로 오라고 했다. 그 친절한 배려를 받아들이면 내가 속이 없는 놈이 되는 것이다. 나도 모르게 속도를 내면서 달렸다. 철봉을 지나는데 숨이 가빠지기 시작한다. 밥을 잔뜩 먹은 위가 출렁거린다.

내 몸의 에너지가 방전되는 느낌!

실종과 죽음의 차이는 무엇일까? 내가 고시원으로 가면 실종일까, 죽음일까?

차라리 이 자리에서 고꾸라져 죽어 버렸으면 좋겠다. 내 안에서 빠져나가야 할 결핍이 더 남아 있는지 무게를 달아 보고 싶다.

내게 남아 있던 엄마의 유통기간은 끝났다.

나는 혼자다.

드디어 M이 보인다.

M은 내가 완전한 결핍으로 고아라는 생각이 들 때, 저 멀리서 홀로 그램처럼 나타난다. 결코, 내 곁으로 다가오지는 않는다. M이 보여주는 영상은 단편적이지만 한 달에서 두 달까지는 내 머릿속을 떠나지 않는다. 나를 살아 있게 한다.

밤마다 늦는 엄마를 기다리면서 '텔레파시'라는 단어를 생각했다. 전단지나 잡지책의 글씨를 오려서 텔레파시라는 글자 열 개를 만들면 엄마가 올 것이라는 게임을 시작했다. '텔'이 네 개, '레'가 세 개 부족했다. 내가 보내는 텔레파시는 바이러스의 공격으로 빈번하게 장애가 발생했다.

텔레파시의 개수는 날이 갈수록 늘었다. 스물, 서른, 마흔, 쉰……. 내 가방에는 책 대신 전단지가 가득이었다. 막연하게 내 마음을 떠돌던 M이 구체적으로 나타난 날이었다.

백 개의 텔레파시를 만들고 나는 지쳐서 바닥에 쓰러졌다. 눈이 아려서 실눈을 뜬 상태였는데 엄마의 영상이 보였다. 귀밑으로 눈물을 흘리면서 내가 완성한 '텔레파시'의 아름다운 영상을 보았다. 3D 화면처럼 엄마는 내 앞에 나타났다 홀연히 사라졌다. 그 영상은 오랫동안 내 마음을 지켜 주었다. 엄마와 나의 다른 만남이다. 그리운 엄마가 내게 영상을 보내 주었다.

나는 그의 이름을 지었다.

마더의 첫 자를 따서 M이라 불렀다.

3

똥개도 자기 집 앞에서는 오십 점은 먹고 들어간다는데, 내 집 앞이 없어지고 있다. 택시 안에서 나는 줄곧 창밖만 보고 있었다. 눈은 그랬지만 핸드폰을 만지작거리는 손에는 땀이 배었다.

오늘부터 혼자 잠을 자야 한다. 반대편 창문으로 고개를 돌린 엄마도 말이 없다. 고시원으로 가는 것은 나지만, 달라질 것은 엄마라는 생각이 든다. 나 없는 방에서 엄마는 새로운 꿈을 꾸려고 한다. 엄마는 엄마로 길들여지지 않았다. 스물이나 서른의 그 언저리에서 아직도 맴돌고 있다. 이불 위에 활짝 피어난 해당화 꽃처럼, 시들지 않는 꽃봉오리로 살려고 한다. 꽃잎은 내가 기침만 해도 진저리를 치면서 몸을 떨었다. 그리고 입을 더욱 앙다물었다.

나는 엄마의 꽃잎이 떨어진 자리의 그 꽃물로 자라고 싶었다. 엄마는 오만하게 꽃잎을 떨어뜨리지 않았다. 나는 늘 목이 탔다. 엄마가 그 꽃그늘마저 거두려 한다.

"나, 집에 안 갈 거야."

내가 심장으로 말했다.

"오고 싶을 때 와."

엄마가 입으로 대답했다.

태연이가 생각난다. 블랙홀로 빠지는 순간 무중력의 느낌이 이럴까, 내 몸이 공중에 둥둥 떠 있는 기분이다. 태연이가 외계인이라고 믿는 것인가? 아니다. 외계인은 엄마다.

승리고시원 앞에 택시가 섰다.

짐을 내리고 나는 건물을 올려다보았다. 테두리가 녹색인 8절지만 한 창유리가 4층까지 빼곡했다. 창유리에 반사된 마른 햇살이 눈을 찌른다. 옆에도 비슷한 건물이 즐비하다. 한적한 거리는 창유리에 반사된 햇살이 만든 역광으로 음지와 양지가 반으로 나뉘었다. 승리고시원 맞은편과 위쪽으로 편의점 두 개가 보인다. 지속성 없는 일회적인 일상들이 거리에서 묻어난다. 엄마가 내 어깨를 툭 치면서 먼저 승리로 들어간다. 나도 그늘이 져 어두운 음지의 영역으로 들어섰다.

현관문을 열고 들어가자, 또 하나의 문과 계단이 있는데 엄마는 1층 문을 바로 열었다. 그러자 입구에 있는 방에서 손바닥만 한 창문을 열고 머리가 덥수룩한 청년이 인사를 한다.

"105호 열쇠 주세요."

엄마가 낚아채듯 받아 들고 좁은 복도를 서너 걸음 가더니 짐을 내려놓고 문을 연다. 몹시 서두는 엄마의 행동에 나는 다시 서러움이 복받친다.

"저기 끝이 화장실과 샤워실이야."

문 앞으로 다가선 내게 엄마가 턱으로 가리키며 말했다. 나도 엄마 턱을 눈으로 좇았다. 정면으로 보이는 불투명 유리에 '샤워실'이라는 파란 글씨가 보인다.

양쪽으로 다섯 개의 방이 문 하나의 간격으로 마주 보고 있어 답답해 보였다. 내 방은 105호실이다. 각 층마다 있는 샤워실에서 씻는 것과 똥오줌을 해결해야 한다. 엄마는 특별히 남자들만 받는 고시원을 골랐다고 한다. 자다가 팬티 바람으로 오줌을 누러 가도 눈치 볼필요 없이 내 집처럼 편하게 생활하라는 엄마의 말에 웃음이 비실비실 나왔다.

방 안으로 먼저 들어간 엄마가 성급하게 짐을 펼치는 소리가 들렸다. 그 소리는, 내 존재를 정리하려는 신호로 들렸다.

방 정면으로 책상이 있고, 그 옆에 문 없는 옷장이 있다. 옷장 밑에는 내 앉은키보다 작은 냉장고가 있다. 벽에는 에어컨도 있다.

봉지 쌀을 꺼내 냉장고 위에 얹고, 반찬통을 넣고, 교복과 몇 개의 옷가지를 걸고, 유일한 가전제품인 전기밥솥을 책상 옆에 두는 동안 엄마는 한마디 말도 하지 않았다. 나는 핸드폰만 만지작거리고 있었다. 마지막으로 한쪽 구석에 이불을 놓는 것으로 정리가 끝났다.

"나가자!"

엄마가 침묵을 깨고 말했다. 나는 그제야 어깨에 멘 책가방을 내려 놓았다. 엄마가 나를 지나쳐 신발을 신었다.

"입구에 있는 사람이 총무야. 불편한 일 있으면 그 사람한테 말해."

밖에서 방문을 잡고 엄마가 다시 말했다. 나도 문 앞으로 다가섰다. 태연한 모습을 보이고 싶다. 그래도 엄마가 갈 것 같아 아바타처럼 엄마를 따라나섰다.

승리로 들어갈 때는 몰랐는데 거리에는 문구점, 분식집, 서점, 오락실, 피시방 등 작은 가게들도 다닥다닥 붙어 있었다. 엄마는 아는 곳을 찾아가는 모양, 기웃거림도 없이 반지하 음식점으로 들어갔다. 문 앞에 '한 달 식권 할인 판매'라는 빨간 글씨가 보인다.

"백반 둘이요."

식당 안은 제법 넓었다. 엄마는 식당으로 들어가면서 바로 주문을 하고 입구에 있는 식탁에 앉았다. 나도 엄마 앞자리에 앉았다. 휘둘러보니 메뉴는 그저 백반이 다였다. 선택할 필요도 없었다.

"내일부터 여기서 저녁 먹어. 받아."

노란색 종이에 도장이 꾹 찍힌 식권 뭉치를 내게 건넸다. 노란 고무줄로 촘촘히 묶인 이 식권이 내가 먹을 음식이다. 라면으로 저녁을 때우는 일은 없겠다. 엄마의 이런 관심에 화가 치밀었지만 나름대로 많은 준비를 했다는 것도 알았다. 정말 나는 집으로 돌아가면 안 된다는 것을 엄마의 준비가 말해 준다.

"점심은 학교에서 급식 먹으면 되고, 아침은 해 먹어. 전기밥솥 봤지? 반찬은 주말에 와서 가져가면 되고."

인간이 살아가는 데 중요한 일 중의 하나가 먹는 것이다. 배를 채우는 일이 가장 중요한 일이면 좋겠다. 그래서 인간의 무의식에 먹을 것에 대한 생각만 넘쳤으면 좋겠다. 정말 그랬으면 좋겠다.

땟국물이 절은 앞치마를 입은 아줌마가 양은 쟁반에 담아 온 음식을 툭툭 던지듯 상 위에 올려놓았다. 한마디쯤 했을 엄마가 가만히 있었다.

엄마와 나는 말없이 백반을 먹었다. 어쩌면, 마지막으로 같이 먹는 식사일지 모른다. 목이 꺽꺽 메도록 밥을 먹었다.

엄마가 돌아가고 난 후, 나는 체기로 며칠을 고생했다. 혼자 환자가 되어 서러운 생각과 외로움으로 더 많이 아팠다.

매번 고시원으로 가는 길은 낯설었다. 그렇지만 나는 잘 적응하고 있었다. 사람은 환경이 어떻게 변하더라도 견딜 수 있는 내성을 가지고 있다. 그렇게 믿어야 한다.

고시원으로 들어와 문을 열고 두 걸음 가니 방이다. 이불 위에 있던 핸드폰을 열어 보았다. 전화는 한 통도 걸려 오지 않았다. 전화번호를 아는 사람은 엄마뿐이다. 오늘이 이틀째다.

교복을 입은 채 이불 속으로 들어갔다.

하지만 나는 곧바로 자리에서 일어나 교복 셔츠를 벗고, 바지를 벗고 운동복으로 갈아입으면서 울었다. 나를 버린 엄마가 생각나는 것이 싫었고, 한 번도 나를 찾지 않는 아버지가 떠오르는 것마저 내가 힘이 없다는 것을 증명하는 것 같아서 울었다. 세상 사람들이 모르는 M을 나만 아는 것도 무서웠다. 이편의 삶과 저편에 있는 죽음에 양발을 걸치고 있는 기분은 참 스산했다. 이내 울음이 잦아들자 나는 전등을 켰다.

오늘은 교복 셔츠를 빨아야 한다. 다리미가 없다는 생각은 어제부터 했다. 내일 하루 더 입으려니 께름칙하다. 셔츠로 눈가를 닦으며 샤워실로 갔다. M의 운명도 전단지에서 오려 붙인 텔레파시와 같은 것이라는 생각이 이제야 든다. 내가 지쳐야 나타나는 M도 어지간히 힘든 상대다. 울어서 그런지 눈가에 몰리는 잠을 떼어 내려고 나는 고개를 좌우로 흔들었다. 이럴 때는 뛰는 것이 좋지만 대신 셔츠를 들고 샤워실로 갔다.

내 의식은 홀로서기를 위해 상당히 노력 중이었다. 조금 전에 고시원으로 들어오기 전 일이었다. 분식집 앞에 있던 오토바이를 타고 달아나고 싶었다. 달리다 보면 내 인생의 끝을 만날 수 있을 듯했다. 그렇지만 길거리에서 인생을 마치기에는 창피했다. 더욱이 남의 것으로 그러면 안 된다는 핑계를 대며 고시원으로 들어왔다. 내가 대견하다는 마음도 들었지만 허무했다. 나는 스스로에게 '참, 잘했어요!'

라는 칭찬을 해 본다. 그러나 그뿐이다.

샤워를 하고 나오니 밖이 어둑해져 있다. 셔츠에서 물이 뚝뚝 떨어진다. 빠르게 방으로 들어가 창문을 열고 셔츠를 털어서 걸었다. 식권을 들고 나왔다. 총무가 나를 흘깃거린다. 내가 울었던 것을 알고 있는 것처럼 보인다. 황급히 고시원 문을 밀고 도망치듯 나왔다. 괜히 초라한 마음이 든다.

식당에는 저녁을 먹으러 온 사람들이 많았다. 한쪽 구석으로 가 앉았다. 혼자인 사람도 꽤 있었지만 내가 제일 어려 보였다. 수저통을 열 때다.

"고시촌도 서서히 없어질 때가 됐어."

"로스쿨 생길 때 예견된 일이지."

내 옆자리에서 두 남자가 밥을 먹으며 소주를 마시고 있었다. 큰 목소리는 아니었지만 헛헛한 그들의 목소리가 뚜렷하게 들렸다.

"이제 고시도 있는 사람들 몫이야."

"중세의 신분 사회로 돌아가고 있어."

"아무리 역사가 돌고 돈다지만!"

그들의 푸념은 내가 밥을 다 먹는 동안에도 계속되었다. 옆으로 보이는 얼굴은 삼십대 중반을 훌쩍 넘긴 모습이었다.

'왜 그들의 말이 이해가 될까?'

늙은이가 되어 나는 의자에서 일어났다. 내 상황도 늘 나빠지는 쪽이었다.

식권을 받는 여자가 나를 훑어본다. 어린 나이에 혼자 밥집을 오다니, 하는 표정이 역력하다. 내가 밥집에서 저녁을 먹고 남들이 의아한 눈빛으로 보게 하는 것에는 아버지도 숨은 역할을 했다. 비록 지금은 공소시효가 끝났지만.

아버지와 엄마의 운명에, 내 역할은 아무짝에도 쓸모없는 '지나가는 사람'으로만 남았다. 내가 지금 고시원에 있는 것이 말해 준다. 지금까지 내 경우의 수는 최악이었다. 내가 선택할 수 있는 것은 없었다. 주어진 환경에 맞춰 살아야 하는 적자생존의 원칙만 남았다.

내가 식당을 나올 때까지 두 남자는 여전히 소주잔을 기울이고 있었다. 다음에, 이다음에 나도 저들처럼 신세 한탄이나 하고 있지 않을까 하는 염려가 된다. 시큼거리는 목덜미 속으로 밤바람은 시원하게 파고든다.

고시원에 들어서자마자, 총무에게 다리미를 빌려 달라고 했다. 바로 말하지 않으면 기회를 놓치게 된다. 구겨진 셔츠를 입고 학교에 가기는 싫다.

총무도 고시 준비생인 모양이었다. 펼쳐진 두꺼운 법전 사이에 볼펜을 내려놓고 안으로 들어간다. 창문 너머로 보이는 법전은 후줄근해서 지쳐 보인다. 태연이가 읽는 우주에 대한 책이 오히려 정신 건강에 낫다는 생각이 든다.

"쓰고 바로 가져와요."

총무가 다리미를 건네며 표정 없는 얼굴로 말했다. 알았다고, 아주 조그만 목소리로 대답했다. 창피했다. 교복을 입고 고시원을 나갈 때, 내게 관심을 가지는 사람이 없어도 괜히 두리번거렸다. 고시원에 있는 내 존재가 수치스러웠다. 사람마다 자기가 있어야 할 자리는 분명히 있다. 내 자리는 다시 말하지만 여기가 아니다.

방문을 열고 스위치를 올렸다. 창문 앞에 걸어 둔 셔츠를 걷었다. 소매와 깃은 마르지 않았지만 다리미 코드를 꽂고 다림질을 시작했다.

내일, 나는 아무 일 없었다는 듯이 교실에 앉아 있어야 한다. 아직 세상 사람들은 M의 존재를 모르고 있다. 내가 알고 있는 M을 그들이 모른다는 것은 말도 안 된다. M을 세상에 드러냄으로써 내 정체성도 인정받을 수 있다. 그렇지만 M이 세상에 나와서 내 생각대로 모습을 드러낼지는 미지수다. M의 정체는 매우 불량한 엄마가 보낸 스파이일 뿐이다. 아직 내가 M에 대한 확신이 없다는 증거다. 혹시, 담임은 내가 M을 만나는 것을 알 수 있다. 그러기에 상담 선생을 추천했을 수 있다.

침이 바싹 말랐다. 담임 앞에 있으면 내 환경에 대해 말해야 한다는 조바심이 생겼다.

"다음 주쯤에 상담 선생님이 연락할 거야."

"꼭 상담을 받아야 하나요?"

될 수 있으면 담임과 개인적으로 덜 만났으면 좋겠다.

"그럼! 이것도 아무나 받는 게 아니야. 우리 반에도 상담할 애들이 몇 명 있지만 너를 선택한 선생님 마음을 봐서라도 긍정적인 마음으로 받아들였으면 좋겠다."

나도 그랬으면 좋겠다. 그래도 내가 집에 없는 동안, 상담 선생의 전화가 가지 않았다는 사실에는 안도의 한숨을 내쉬었다. 핸드폰 번호를 담임에게 알려 줄까 했지만 내 번호를 몰랐다.

상담 선생 일을 어떻게 처리해야 할지 마음이 복잡했다. 내 속에 있는 무엇이 문제인지 모르겠다. 심장이, 뇌가 아니면 내 전체가 오류투성이라는 것인지 담임의 말이 이해가 되지 않는다. 담임이 했던 질문처럼 나는 한 번도 자살을 생각한 적이 없었다. 교칙을 어긴 적도 없으므로 탈선을 하지 않을 것이라는 것은 담임이 먼저 알 것이다. M이 내게 오면서 내 마음도 누군가의 지배를 받고 있다는 생각이 든다. 담임 말대로 긍정적인 마음과 담을 쌓고 있는지는 모르는 일이다. 반복해서 말하지만 그것은 엄마 잘못이다.

엄마가 전화를 받더라도 집으로 방문한다는 상담을 받아들일지 모르겠다. 그러다 나도 문제아, 엄마도 문제 어른으로 찍히게 될까 봐 걱정이다. 분명 집안 망신이다. 내 처지에 아직도 학교에서 벌어지는 일에 발목 잡혀 있다.

엄마에게 미리 알려야 한다. 스스로 모든 것을 해결할 수 없는 미성년자가 분명한데 엄마가 나를 집에서 쫓아냈다. 나는 잘하고 있었다. 내게는 문제가 없다.

"네 어머니와 통화를 하고 싶었지만 이렇게 된 이상, 네 문제를 적극적으로 네가 해결하는 수밖에 없잖니?"

'그러니까, 문제가 뭡니까?'

답답하다. 담임이 내게 형식적으로 대한다는 생각이 든다.

"네 마음의 문제가 해결되면 학업에도 충실할 수 있고……."

담임이 말하는 중에 수업 시작종이 울렸다. 나에 대한 자료를 담임이 얼마나 갖고 있는지도 궁금하다. 기록에 의존해 나를 문제아로 몰아가는 담임도 비인간적이다.

"그렇게 알고 수업하러 가라."

목례를 하고 교무실을 나왔다. 무엇을 그렇게 알라는 것인지는 끝까지 모르겠다.

성적표를 받아 들고 '내가 꼴찌야.' 하는 아이들은 절대 꼴찌가 아니다. 중간 이하 정도의 성적을 받는 아이들이 하는 말이다. 꼴찌는 절대 꼴찌라고 말하지 못한다. 그래서 꼴찌는 외롭다. 내가 담임에게 제대로 된 질문을 못하는 것도 내 상황이 어지간하기 때문이다. 잘못된 질문을 하지 않을까 하는 소심함이 마음의 문에 빗장을 채웠다. 물을 수 있는 물음도 묻지 못하는 나 자신의 정체성은 추락하는 중이다. 이럴 때마다 나는 M을 기다린다.

담임은 아름다운 포장으로 내게 모멸감을 주고 있다. 지금은 M만이 모멸감을 없애는 방법을 알려 줄 것이다.

고시원에서는 할 일이 없었다. 텔레비전이나 컴퓨터도 없어서 고립된 기분에 휩싸였다. 저녁을 먹으러 가자니 시간이 너무 일렀다. 혼자 밥 먹으러 오는 사람들도 꽤 있었고, 사람들의 넋두리를 듣는 것도 나름 괜찮았다. 하지만 유일한 외출을 이렇게 이른 시간에 써 버리기는 싫었다.

전기밥솥을 보고 밥을 하기로 마음먹었다.

샤워실에서 쌀을 씻어 와서 코드를 꽂았다. 빨간불이 켜지면서 밥을 한다는 신호를 보낸다. 그동안 나는 수건을 빨아 와 옷걸이에 널었다. 밥솥에서 김이 난다. 조금만 뜸을 들이면 된다. 처음으로 미니 냉장고 문을 열고 반찬통을 꺼냈다. 멸치조림, 장조림, 김치, 포장된 김 다섯 봉지, 참치 캔이 들어 있었다. 또 냉장고 한쪽에 수저 한 벌과 밥그릇도 보인다. 엄마의 성격에 비해 꽤 신경을 쓴 느낌이 난다. 그렇지만 다리미가 빠졌다는 생각은 못했을 것이다.

핸드폰을 열어 보았지만 발신자는 없었다.

꼭꼭 씹으며 아주 오랫동안 밥을 먹은 후, 고시원을 나왔다.

낮이 길어졌다. 붉은 햇발이 건물에 반사되어 거리가 아늑해 보였다. 주머니에 손을 찌르고 어슬렁거리며 길거리를 돌아다녔다. 내가 밥을 먹는 식당뿐 아니라 주변에는 천지가 밥집이었다. 그 사이에 하나씩 박혀 있는 노래방과 헌책방을 지나 복개천으로 나왔다. 복개천은 주차장으로 이용되고 있었다. 가로등이 켜진다. 낮과 밤의 경계를 이어 주는 가로등이 묘한 기분을 불러일으킨다. 일몰이 시작되는 거리는 산(酸)에 젖은 리트머스종이처럼 붉게 물들어 갔다. 내가 저 노을 속으로 사라져도 누구도 알지 못할 것이다. 여러 날이 지나야 실종 신고를 하고, 또 여러 날이 지나면 행방불명자가 되어, 기껏 몇 안 되는 사람들의 기억에서마저 사라질 것이다. 그렇지만 나는 아버지처럼 잊혀진 존재는 되고 싶지 않다.

순식간에 낮과 밤의 경계를 지우면서 어둠이 먼 하늘에서부터 시작되고 있었다.

'공부를 할까?'

지긋지긋하게 할 일이 없었다.

'정말, 공부를 할까?'

엄마가 내게 공부하라는 말을 한 적이 없다. 안 해도 되는 줄 알았다. 그래도 살아가는 데 별 문제가 없는 줄 알았다. 이 세상 한 귀퉁이에 내 자리가 떡하니 준비되어 있고, 나는 그 자리에서 엄마와 함께 천년만년 살 줄 알았다. 무모한 기대라는 것도 알았다. 그러면서 믿었다.

적어도 내가 알던 하나는 무너졌다.

엄마는 이제 내게 없는 사람이다.

그렇게 생각하려고 애를 써야 한다.

그렇다고 총무에게 매일 다리미를 빌릴 수는 없다.

생각지도 않게 발은 식당으로 가고 있었다. 여기에서 내가 유일하게 알고 있는 곳, 밥집이다. 위는 가득 찼지만 이상한 허기가 느껴진다. 밥집을 쳐다보다 승리로 발을 돌렸다. 하지만 방 안에서 시간을 죽일 수 있는 일이 없다.

터덜거리고 가는데 유난히 환한 불빛에 고개를 드니 편의점이다. 유리문에 '알바 구함' 이라는 광고가 보인다. 편의점으로 들어갔다.

컵라면을 고르는 남자가 하나 있고 카운터에 나이가 들어 보이는 여자가 앉아 있다. 여자의 얼굴에 표정이 없다. 정말 그럴 이유가 없지만 괜히 주눅이 들었다. 남자가 컵라면과 김밥을 계산대에 놓는다. 여자가 바코드를 입력하고 계산을 한다. 남자가 나를 한번 흘깃 쳐다보고 문을 밀고 나간다. 시비를 걸어 볼까?

"혹시 알바 때문에 왔어요?"

물건을 살 움직임을 보이지 않는 내게, 여자가 먼저 물어봐 준 것은 고마운 일이었다.

"예."

"몇 학년이에요?"

"고등학교 일 학년이요."

"부모님 동의서하고 학생증 복사해서 가져와야 하고, 여기는 이십사 시간 하는 곳이니 할 마음이 있으면 시간은 그때 조정하면 돼요."

"부모님 동의서가 꼭 필요한가요?"

"그럼. 미성년자는 밤 열 시 이후론 일 시켜서도 안 되는데."

여자가 사장인 모양이다. 무언가 해야 한다는 절박한 마음만 없었다면 그냥 나왔을 것이다.

"부모님 동의서는 어떻게 쓰는 건데요?"

"여기 양식이 있으니 가져가서 써 오면 돼요."

여자가 계산기 밑에서 용지를 꺼내서 주었다. 나는 그것을 받아 들고 인사를 꾸벅하고 나왔다. 여자가 쓰던 존칭의 말에도 호감이 갔다. 천천히 용지를 살피니, 엄마의 주민번호를 적고 사인을 하면 된다. 전화번호 적는 곳도 있다. 나는 무엇을 하더라도 부모의 허락을 전제로 하는 미성년자다. 엄마가 이런 곳에 방치해 두어야 할 나이가 아니다. 어른이기에는 아직 완전하지 않다는 미성년자다. 고등학교도 의무교육인 줄 알았던 엄마에게 알려 주어야 한다. 엄마는 모르는 것이 너무 많다. 다시 살아나고 싶은 마음에 나는 비장해졌다.

승리로 돌아와 핸드폰을 들었다. 나는 내 번호도 아직 모른다. 덤벙대는 엄마가 내 번호를 저장하지 않았을지도 모른다. 번호를 몰라서 내게 전화도 하지 못하고 있다면 얼마나 답답할까.

망설이다 집으로 전화를 했다.

한참을 울려도 전화를 받지 않는다. 전화를 끊으려는 순간, 수화기 너머로 굵직한 음성이 들린다.

"여보세요?"

이 목소리 때문에 나는 집을 나와야 했다. 한껏 욕을 해 주고 싶었지만 오히려 힘이 빠진다. 핸드폰 폴더를 덮었다. 다리미도 필요하고, 엄마 사인도, 상담 선생에 대한 말도 해야 하는데 앞으로 집에 전화는 하지 못할 것 같다.

4

수훈이와 승준이가 흡연으로 걸렸다. 담임은 전체 학년 중에 해마다 1학년이 흡연으로 걸리는 일이 많다고 주의를 당부했다. 그 주의라는 것을, 들키지 않게 잘 피우라는 말로 듣던 몇 놈이 웃다가 또 혼났다.

교장 선생님은 흡연으로 걸리면 무조건 일주일간 금연 교육을 받는 것을 원칙으로 내세웠다. 2, 3학년으로 갈수록 흡연으로 걸리는 아이들이 적은 것을 금연 교육의 효과라고 믿는다는 것이다. 아이들은 그 말에 씩씩대고 웃기만 했다.

처음 입학해서 교내 사정이 어두워 제대로 담배 피울 장소를 모르기 때문에 1학년이 많이 걸린다는 것을 모르고 한 말이기 때문이다. 학년이 올라갈수록 은밀한 장소를 알기에 걸릴 확률이 적어진 것이지, 결코 금연 교육의 영향이 아니라는 것은 나도 알고 있다.

수훈이와 승준이의 금연 교육 기간 동안 우리는 아침마다 운동장 세 바퀴를 돌아야 한다는 말에 아이들은 입에 거품을 물었다.

"함께 사는 사회다. 친구의 잘못을 모르는 척 지나갈 수 없으니, 월요일부터 조회는 운동장 도는 것으로 대신한다."

담임 말은 간단했다. 흡연자가 있다는 것은 담임에게는 불명예였다. 우리 반 아이들이 무사히 일 년을 보내기 힘들 것이라는 생각이 든 듯 담임의 어조는 강경했다.

"선생님! 저희만 운동장 돌게 해 주세요."

승준이가 담임에게 사정했다.

"처음에 말했듯이, 너희들의 잘못을 방관한 친구들도 책임이 있다. 이것은 기합이나 체벌이 아니라 우정이다. 종례, 끝."

종례 끝이라는 말에 아이들이 입에 물었던 거품은 한숨이 되었다. 담임은 고도의 포장술을 가졌다. 옆에서 고개를 숙이고 묵묵히 있는 태연이를 쳐다봤다. 저 몸으로 운동장을 돌 생각을 하니 웃음이 나왔다. 체육 선생도 출석만 하면 태연이는 할 일 다했다고 한다. 사실, 고등학교에 올라오니 체육 시간은 쉬는 시간이었다. 학교의 모든 일정은 입시를 향해 움직였다.

승준이가 흡연으로 걸린 일은 아주 훌륭한 일이다. 담임은 교장 선생 앞에서 머리를 조아리고 학생들을 소홀히 관리한 문책을 받을 것이다. 담임의 양미간에 있는 세로 주름 두 개가 더 깊어질 판이다. 나를 상담자로 만든 것도 담임의 교묘한 배려다. 내게 자살이나 탈선이라는 무책임한 어휘를 사용할 때 알았어야 한다. 무단결석을 한 태연이가 따로 교무실에 가는 것을 본 적이 없다. 그렇다고 태연이에게 적대감을 갖고 대한다는 느낌도 없었다. 하교하기 위해 주섬주섬 가방을 챙기는 태연이를 쳐다보았다.

고시원은 사람을 무력하게 만든다. 40여 명이 살고 있는 승리에서 유일하게 얼굴을 아는 사람은 총무뿐이다. 누가 죽어 나가도 모르는 곳이다. 고시원 방 안에 있다 보면 꼭 죽을 것 같다. 공기의 압력마저 느낄 때가 있다. 그것들에 눌려 죽임을 당하는 것처럼 숨이 가빠질 때가 있다. 내가 고시원에 갇혀서 산다는 것을 한 사람이라도 알아야 하는 이유다. 엄마는 사람이 아니다. 아직 전화 한 통 없다.

"집에 가니?"

나도 모르게 생각지도 않은 말이 튀어나왔다. 태연하게 말했지만 내 마음은 사정을 하고 있었다. 내일은 노는 토요일이다. 그 방에서 내가 할 일은 없었다. 오늘 저녁이라도 누군가와 함께 있고 싶다. 하지만 말이 나온 순간, 나는 이미 후회하고 있었다.

"왜?"

"뭐 좀 먹자고."

"뭘 먹어?"

"따라와!"

내가 의기양양하게 말을 하며 앞장을 섰다. 묻는 것은 먹겠다는 뜻이다. 심오한 의역까지 하면서 나는 교실 문을 나섰다. 사람의 겉과 속은 다를 수밖에 없다.

"어디까지 가는 거야? 귀찮게."

버스를 타고서야 묻는 태연이의 바보스러움이 마음을 편하게 해 준다. 이런 태연이가 무단결석을 하는 이유는 불가사의다.

신림동에 도착했다.

"이 동네 살아?"

"……."

대답 대신 앞서 걸었다.

입구에서 제일 가까운 순대집으로 들어갔다. 순대를 먹으러 다른 지역에서도 온다는 유명한 집이다. 밥집은 이 동네의 정보지와 다름 없었다. 하지만 나는 순대를 먹기 위해 온 것은 아니다. 시간을 갈아 치우고 싶다.

"순대 주세요."

벌써 태연이가 주문을 하고 있다. 왜 그랬을까, 나는 태연이와 온 것을 또 후회했다. 순식간에 한 접시를 뚝딱 해치우는 태연이 식성에 할 말이 없었다.

"왜 그렇게 못 먹어?"

태연이가 한쪽 기둥에 걸린 두루마리 휴지를 뜯어 입을 닦으며 태 연하게 물었다.

"입맛이 없어서."

"그래?"

그뿐이었다. 태연이가 가방을 메면서 자리에서 일어났다.

"아까 거기서 버스 타면 되냐?"

태연이 물음에 어이가 없었다. 태연이의 머릿속 회로는 자신을 향해 도는 원심력만 작용하는 것처럼 보였다. 그렇지만 태연이의 배만 채워 주고 보낼 수는 없다.

"우리 집에 갔다 가."

고시원에 있는 나를 태연이라도 봐야 한다는 생각이 들었다.

"네 엄마는?"

"없어."

"그러자, 그럼."

승리고시원이 우리 집이라는 것을 알면 태연이는 어떤 표정을 지을까? 또다시 나의 무모한 확인이 시작되고 있었다. 누군가에게 나를 봐 달라는 칭얼거림이 시작되면 내가 몹시 공격적이고 집요해지는 것을 느낀다. 하필이면 태연이가 그 대상이라는 것이 실망스럽지만 이미 늦었다. 활시위를 떠난 화살이다.

태연이가 나를 불쌍하게 여기고, 매일 고시원을 방문해 줄 것인지, 이런저런 생각을 하며 승리로 향했다. 엄마가 없다는 말은 잠깐 외출했다는 뜻으로 받아들였을 것이다.

105호, 내 방 문에 열쇠를 들이밀고 문을 열었다.

"들어와."

엉거주춤 따라오던 태연이 낯빛에 호기심이 가득하다. 창문을 열었다. 바깥의 바람이 들어오면서 밀폐된 방 안에 남았던 열기와 탁한 공기가 흔들렸다.

"앉아."

"너 혼자 사는 거야?"

"응."

"언제부터?"

"며칠 됐어."

"야! 대박이다."

태연이는 진심으로 부러운 얼굴로 목을 길게 빼고 사방을 휘둘러본다. 태연이 얼굴에서 이런 표정을 보는 것은 처음이다. 나와 다른 것에 대한 호기심?

"새끼야! 뭐가 부러워?"

"나도 혼자 살았으면 좋겠다!"

"되게 심심해."

"무시당하는 것보다 낫지."

"무시?"

태연이 얼굴이 금세 시무룩해진다. 누구에게 무시를 당한다는 말일까? 나는 냉장고 문을 열고 생수통을 꺼냈다.

"우리 엄마라는 사람 말이야, 초등학교 졸업식에 왔다가 내 머리통만 쥐어박고 그대로 돌아간 사람이야. 학교 운영위원장에 온갖 감투는 다 쓰면서 나를 자랑거리로 만들려고 애썼지. 근데 내가 그걸 따라 주지 못하고, 졸업식장에서 상장 하나 못 받으니, 분을 못 이기고 돌아간 그런 여자."

"너에 대한 기대가 컸나 보지."

"허영심이 컸지!"

내 졸업식에 엄마는 안개꽃과 장미가 섞인 꽃다발을 가지고 왔다. 졸업장과 6년 개근으로 받은 상장, 부상으로 받은 영어사전을 들고 동네에서 제일 잘한다는 갈비탕집에 갔다. 고기집보다 덜 붐빈다는 이유였다. 갈비탕을 먹고 엄마는 한의원으로, 나는 빛나는 졸업장과 꽃다발을 들고 혼자 집으로 왔다.

"야, 고난 없는 인생이 어디 있냐?"

말을 하고 나니 정말 그렇다는 생각이 들었다. 냉장고에 하나 더 있는 생수통을 꺼내 태연이에게 건넸다. 태연이가 생수통을 받는다.

"지금은 어때?"

물을 벌컥거리며 마시는 태연이가 밉살스러웠다. 내 형편을 보고 이제껏 하지 않던 말을 하는 것에도 심술이 났다. 내 처지는 누구에게든 위안이 된다. 다른 엄마는 자식에게 콩깍지가 벗겨지면 어떤 행동을 하는지 알고 싶었다.

"별 차이 없어."

"무슨 차이?"

"엄마는 공부로 닦달하고 나는 기대에 어긋나는 생활."

"아직도?"

"학원에 과외에 지겨워 죽겠어."

태연이가 부족하니까, 더 관심을 보이는 모양이다. 태연이 엄마의 콩깍지는 그대로다. 내 엄마는 왜 그럴까? 태연이를 데리고 온 초점이 벗어나고 있다.

"무단결석은 왜 하는 거야?"

무단결석을 하는 동안 태연이 엄마가 어떻게 했는지에 더 관심이 갔다.

"가끔 천문대를 가면 숨통이 트여."

자신의 마음을 풀어 가는 해법이 있는 태연이를 보는 것은 뜻밖이다. 우주에 대한 책을 재미로만 보는 것도 아니었다. 내가 만나는 M보다 건전하다.

완전한 가족은 나의 꿈이다. 한 지붕 아래 부모와 자식이 나란히 밥을 먹고 잠을 자는 아름다운 그림. M을 만나면서도 늪으로 빠지는 캄캄한 그 느낌에서 벗어나고 싶을 때가 많았다. 배경이 없어진 그림을 메우려는 듯, 어느 날 문득 찾아든 M은 내가 그리고 싶은 그림이었다.

"천문학자 되려고?"

천문대를 가는 태연이는 미래에 대한 구체적인 생각도 하고 있었다. 태연이에게 강제로 얻으려던 동정심은 스러지는 중이었다. 지금 내가 누군가의 위안이 되고 싶지는 않다.

"우주에 대한 사진을 보면 엄마의 잔소리나 아이들이 놀려 대는 소리도 시시하게 생각돼. 먼지같이 작은 인간들의 외침보다 거대한 행성들의 이야기가 훨씬 더 재미있어."

내가 만나는 M과 다를 바 없다. 현실도피다. 내 아버지도 천문학자가 되어 별을 주우러 간 것일까?

"행성들이 뭐라는데?"

"인내심, 너무 멀리 있어서 그 말만 들었어."

부끄러움 많이 타는 행성에서 익살스러운 행성으로 바꿔 타는 태연이다.

"나, 간다!"

태연이가 일어났다. 참, 무심한 놈이다. 열어 놓은 창유리에 어둠이 묻는다. 속절없이 시간이 또 그렇게 지나간다. 나도 태연이를 배웅하기 위해 일어났다.

"주말에도 있니?"

버스 정류장으로 가면서 태연이가 물었다.

"집이야."

"놀러 갈게."

"그래, 놀러 와."

그렇게 태연이가 가고 나는 남았다.

승리로 돌아오니 핸드폰이 울리고 있다.

엄마다.

"오늘 저녁에 올래?"

"안 간다고 했잖아."

"그럼 내일 오후에 엄마가 그리로 갈게."

내 대답도 듣지 않고 엄마가 먼저 전화를 끊었다. 승리에 온 후에 처음 듣는 엄마 목소리다. 가슴이 쿵 내려앉았다. 여전히 활달한 음성. 엄마는 살아 있었다. 내가 보고 싶어, 못 견디게 보고 싶어 갈비뼈 한쪽이라도 무너진 줄 알았다. 눈이라도 짓물러 길을 못 찾았으면 했다. 그런데 내일 온다는 말을 태연하게 했다.

내 심장에 모래바람이 불고 그 위로 낙타가 터벅거리고 걷는다. 터벅이는 낙타의 발굽에 물기 없는 심장이 서걱거린다. 엄마의 심장과 내 심장은 다른 모습이다. 남일 수도 있다. 정말 엄마라면 내게 이런 모습으로 머물지 않을 것이다.

그렇지만 나는 죽어도, 엄마는 내 심장에서 살아 있을 것이다.

사실이다.

나는 엄마 곁으로 돌아가야 한다. 그러지 않으면 나는 어느 곳에서도 생존할 수 없다. 단순한 내 생존의 법칙에 찾아온 위기를 넘길 자신이 없다. 내가 고시원에 있는 것을 알게 된 태연이가 무엇을 해 줄 것인가? 태연이가 가고 난 다음에 알았다. 현재의 상황을 바꿀 수 있는 것은 나라는 것을.

고립이 아닌 독립이라고 생각하면 어떠니?

책상 위에 있는 부모 동의서가 나를 독려한다.

몇 시인지 구분이 가지 않았다. 이 안에서는 시간을 느낄 그 무엇도 없다. 노크 소리에 눈은 떠졌지만 천장만 바라보고 있었다. 다시 문 두드리는 소리가 들리자, 나는 일어나 방문을 열었다.

"누구냐고 묻지도 않고 문을 열면 어떡해?"

문 안으로 썩 들어서면서 엄마가 성질 급하게 말했다.

"온다고 했잖아."

"도둑이라도 들어오면 어쩌려고?"

가져갈 물건이 있는 것처럼 말한다.

"도둑이 노크하고 들어와?"

"그렇네."

웃으며 말하는 얼굴이 화사하다. 손에 든 봉투를 내려놓자마자 냉장고 문을 열고 반찬통을 꺼내 본다.

"왜 이렇게 안 먹었어? 반찬 하는 일이 쉬운 줄 알아?"

그러면서 전기밥솥을 꺼내서 쌀을 담아 밖으로 나간다. 나는 이불 속으로 다시 들어갔다. 집에 있을 때, 그 무엇도 엄마는 하려고 하지 않았다. 죽어라고 빨아 주지 않던 교복, 툭하면 비어 있던 밥솥, 냉장고에는 속을 알 수 없는 까만 비닐봉지에서 나오는 이상한 냄새만 진동을 했다. 이제 와서 썩은 냄새도 없는 반찬통을 걱정하는 엄마가 싫다.

그중에 고등학교가 의무교육이 아닌 것에 분개를 할 때는 혈압이 급상승하기도 했다. 정말 몰랐던 것일까, 모르고 싶었던 것일까? 금세 쌀을 씻었는지 엄마가 들어온다. 무심함이 엄마의 특징이기는 하다.

전기밥솥 코드를 꽂고 맞은편에 앉으며 엄마가 내 얼굴을 살폈다.

"세수는 하고 사니?"

"하고 살아."

"근데, 꼴이 그게 뭐니? 살이 좀 빠졌나?"

"내 얼굴 내가 들고 다니는데 무슨 상관이야?"

엄마와 나는 다정한 말투보다 공격적인 어휘를 사용하는 데 익숙해 있었다. 말 때문에 이렇게 된 것인지, 행동 때문인지는 구별할 수 없다. 말과 행동이 완벽한 조화를 이루는 지금, 그 구별은 무의미하다.

"하긴 그렇다."

무성의하게 입으로만 대꾸를 하면서 엄마는 새로 해 온 반찬통을 냉장고에 넣었다. 엄마로서는 상당히 번거로운 일이다. 다시 반찬 투정을 시작해 볼까?

"여기에 사인하고 가."

이제 유치한 일은 하지 않을 것이다.

"이게 뭐야, 알바하려고?"

"응."

"잘 생각했다. 공부도 안 하면서 종일 여기에 처박혀 있는 것도 답답할 텐데. 참, 볼펜은 있니?"

나는 가방에서 볼펜을 꺼내 엄마에게 건넸다.

"네가 어리긴 어린 모양이다. 일하는 것도 엄마 동의를 받아야 하는 걸 보니.”

사인을 하고 엄마가 내 얼굴을 쳐다본다.

“너를 언제까지 키워야 할지 막막하다!”

대거리하고 싶은 마음도 없다.

“다리미 필요한데.”

“왜? 아, 교복 때문에. 밥 먹고 나가서 사자.”

참 관대해진 마음이다. 왠지 똥이 마려워진다. 엄마의 말과 행동은
언제나 뇌 속에서 빅뱅이 재구현되는 상황을 연출한다. 두뇌가 포맷
되는 느낌이 이런 것이라고 확신한다. 나도 모르게 몸에 슬금슬금 힘
이 들어갔다. 전기밥솥에서 칙칙거리고 김이 뿜어져 나온다. 적당한
타이밍이다.

“애써서 해 온 반찬이니, 남기지 말고 다 먹어. 엄마 정성이 아까
워.”

엄마가 오늘은 말이 많다. 이불을 한쪽으로 밀고, 밥을 푸고, 반찬
통을 꺼내더니 사방을 휘휘 둘러본다.

“밥상이 없네! 그동안 바닥에서 밥 먹었니?”

나는 고개만 끄덕였다. 또 불쌍한 행동을 하고 말았다.

“참! 너도 안됐다.”

“그러게.”

“어쨌든 밥은 먹자. 너 급식 수저통 줘. 엄마 게 없네.”

가방에서 아직 씻지 않은 수저통을 꺼내 엄마에게 내밀었다.

"너도 참 양심 없다!"

엄마가 일어나 밖으로 나갔다. 엄마라는 장치만 거두면 참 재미있는 사람이다. 엄마가 아니어야 엄마는 인간적이다. 반찬통 뚜껑을 하나씩 열었다. 내가 좋아하는 음식을 알고 있다는 것이 신기했다. 보온병에 된장찌개도 담아 왔다.

"먹자."

성미도 급하다. 문을 열자마자 한 말이다.

"사람 사는 데 필요한 것은 다 똑같은가 보다. 코딱지만 한 방에서도 있어야 할 건 다 있어야 하네."

보온병에 담긴 된장찌개를 어디다 부어야 할지 망설이면서 엄마가 또 주변을 휘휘 둘러보았다. 둘러본다고 없는 게 생기는 건 아니다. 반찬 뚜껑에 내 밥을 옮기고 밥그릇에 된장찌개를 부었다. 엄마 얼굴에 미소가 번진다.

드디어 엄마와 함께 밥을 먹는다. 방 안으로 들어오지도 못하게 할 것이라는 결심은, 할 때부터 쓸모없었다. 엄마가 해 온 반찬이 입에서 맛있게 넘어갔다. 아침도 안 먹고 왔는지 엄마도 정신없이 밥을 먹었다.

"배부르니 나른한 게 졸린다. 너무 일찍 일어났거든."

빈 반찬통과 보온병을 쇼핑백에 담으며 엄마가 말했다. 냉장고에 남은 반찬을 넣고, 다 먹은 빈 그릇을 눈으로 가리켰다. 설거지는 내가 하라는 뜻이다. 나는 고개를 끄덕였다. 한쪽으로 밀어 놓은 이불을 끌어오더니 엄마가 이불을 덮고 눕는다. 나도 팔베개를 하고 누웠다.

엄마가 하는 행동은 '비정한 모정'이라는 제목으로 사회면을 장식할 법한데 얼굴을 맞대고 있으면 희극적인 분위기다. 엄마는 내 앞에서 진지한 얘기를 피했다. 슬쩍슬쩍 하는 농담으로 내 인생을 비튼다. 엄마에게 나는 덤이다. 엄마는 내가 기분 좋은 덤으로 남기를 원한다. 엄마가 진심이 무엇인지 말해 주었으면 좋겠다.

아침에 일찍 일어났다고 지금 잠이 올까, 슬쩍 엄마를 훔쳐봤다. 감겨진 눈 속의 눈동자가 드르륵거리며 돌고 있다. 정말 자고 있다.

방 안 가득, 팽팽한 햇살이 미어터지게 들이닥치고 있었다. 엄마는 코까지 골았다. 휴일에 나가지 않으면 잠이나 마사지로 하루를 보내던 엄마가 아침부터 서둘렀으니 잠에 떨어질 만하다. 나는 또 엄마 편에서 생각을 한다.

나는 부모 동의서를 들고 고시원을 나와 편의점으로 갔다. 그때 있었던 여자가 아닌 여학생이 자리를 지키고 있었다. 입구에는 여전히 '알바 구함'이라는 공고문이 붙어 있다. 편의점 안에서 편지 봉투 한 묶음을 들었다.

"이건 묶음으로만 팔아요?"

"예."

나는 계산을 하고, 편지 봉투 한 장을 꺼내 부모 동의서를 집어넣었다.

"부모님 동의서예요."

"아, 두고 가세요. 제가 사장님께 전해 드릴게요. 핸드폰 번호 적었지요?"

"예."

편의점을 나와 천천히 복개천을 한 바퀴 돌아서 승리로 왔다. 방문을 여는 소리에 엄마가 잠에서 깬 모양이다. 부숭부숭한 얼굴로 일어나면서 핸드폰을 꺼내 시간을 확인한다. 혹시 엄마가 갔을지도 모른다는 생각을 했다.

"가."

"다리미 사야지."

그러면서 일어나 창문을 열고 이불을 탁탁 털어서 갠다. 여기 와서 한 번도 방을 닦은 적이 없다. 햇살을 향해 먼지가 일렬로 줄을 섰다.

"창문 열어 놓고 나가자. 청소 좀 하고 살아라!"

엄마가 쇼핑백을 들고 나섰다. 나도 엄마 뒤를 따랐다. 망설임도 없이 엄마는 앞으로 쓱쓱 걷다가 도로변 주위를 기웃거렸다.

"이리 와."

찾는 곳을 발견했는지 큰 소리로 나를 불렀다. 중고품 파는 곳이다. 내가 오는 것을 본 엄마가 먼저 가게로 들어갔다.

만물상이었다. 숟가락에서부터 냉장고, 컴퓨터, 밥솥, 텔레비전, 이불, 미니 옷장 등 없는 것이 없었다. 문 입구를 꽉 막으며 쌓여 있는 물건들에 질려 냉큼 안으로 들어갈 엄두가 나지 않았다.

"다리미 없어요?"

엄마 목소리가 들린다. 몸을 옆으로 틀면서 안으로 들어갔다. 안에
는 그래도 구경할 정도의 공간은 확보되어 있었다. 주인 남자가 다리
미와 받침대를 가지고 나왔다.

"만 오천 원만 주세요."

"텔레비전은 얼마나 해요?"

"종류에 따라 달라요. 삼만 원부터 있어요."

"영락아, 텔레비전 살래?"

나는 고개를 저었다. 텔레비전보다 필요한 건 컴퓨터다. 하지만 동
네에 깔린 게 피시방이니 그것도 참기로 했다. 오늘은 다리미를 산
것으로 충분하다. 엄마가 계산을 하고 가게를 나왔다. 다시 핸드폰을
꺼내 시계를 본 엄마가 사방을 휘둘러본다.

"점심시간 다 됐다. 밥 먹고 가자."

꼭 먹으러 온 사람 같다. 좀 전에 먹은 밥이 소화도 안 됐다. 싫다는
내 말에도 엄마는 여기저기를 보면서 내 말은 귓등으로 흘린다.

"돌도 씹는 나이라더라. 고기 먹자. 기름기가 한번은 들어가 줘야
힘을 쓰지. 저기로 가자."

도무지 힘을 쓸 데가 없었다. 엄마와 살면서 나는 우주와 사는 기분
이었다. 오히려 힘이 빠졌다. 태연이의 우주는 신비함과 꿈이지만 내
게는 낯설음이었다. 외계인이 이런 모습일 것이다. 혹시 모른다. 외
계인도 내게 적응하려고 애쓰고 있는지도. 고기집 문을 열고 들어가
는 엄마를 보면서 그런 생각이 든다.

휴일 오후라 그런지 안에는 사람들이 꽤 있다. 가족들이 많다. 벌써 점심시간이다. 자리에 엉덩이도 붙이기 전에 엄마는 삼겹살 3인분을 시켰다. 엄마가 먹을 것에 집착을 한다. 예전과 다른 모습이다.

"대한민국에 삼겹살 없었다면 뭐 먹고 살았겠니?"

"라면."

엄마가 늦게 들어오는 저녁마다 먹은 메뉴가 삼겹살인 모양이었다. 나는 라면이다. 혼자는 먹기 힘든 메뉴인 삼겹살을 파는 집이 사방에 널린 것을 보면 어울리기 좋아하는 우리 민족의 습성이 보인다. 엄마는 왜 가족과 어울리는 습성을 버리려는지 모르겠다.

기름이 나오면서 삼겹살이 구워지고 있다. 엄마가 젓가락을 들었다. 3인분도 모자랄 기세다. 엄마는 먹는 양이 많지 않았다. 그동안 식탐이 생겼다.

"소주 마실래?"

"학생이야."

"안 마셔 봤어?"

"응."

"뭐 했어, 그동안."

"……."

할 말이 없었다. 정말 그동안 술도 안 마셔 보고 뭐 했냐는 엄마를 친구로 삼아 볼까 하는 생각도 든다. 그렇다. 친구들의 엄마보다 엄마는 나이도 많이 어렸다.

"공부 잘하면 대학 보내 줄 거야?"

"합격증 떡하니 받아 오면 어떤 부모가 안 보내겠니?"

고기가 자글거리면서 기름을 뱉어 낸다. 내가 한 점을 집어 먹었다. 엄마도 한 점을 집어 상추에 싸 먹는다.

"아줌마, 여기 소주 한 병이요."

어제는 술을 안 마셨는지 엄마가 손을 흔들며 목소리도 우렁차게 술을 시킨다. 정말 엄마는 술 마시는 게 자랑이다. 나도 밥은 먹었지만 고기가 목구멍으로 술술 넘어갔다. 엄마가 혼자 술을 따라 마시는 동안 나는 고기만 집어 먹었다.

"상추에 싸 먹어."

엄마가 말했다.

우리가 먹는 동안 식당 안은 손님이 꽉 들어찼다. 그래도 동네에서 소문난 집을 엄마가 찾았다. 맛이 괜찮다. 엄마는 혼자 고기 먹고 소주 마시느라 정신이 없다.

우리 옆자리에 가족이 들어와 앉았다. 그림처럼 보이는 네 명의 식구다. 나는 고기를 집어 먹는 체하며 그들을 훔쳐보았다.

남자아이는 게임기에 고개를 처박고 있고, 아빠는 핸드폰으로 전화를 하느라 바쁘다. 엄마는 고기를 굽고, 딸은 문자메시지를 보내고 있다. 집에서 밥 먹지, 뭐하러 돈 주고 여기까지 왔는지 알 수 없다. 저 정도의 나이가 되면 가족의 의사소통은 중요하지 않을 수 있다. 그동안 충분히 공감하면서 살아왔기 때문에 말을 하지 않아도 통하는 사이일지도 모른다. 한자리에 앉아서 각자 딴짓을 하는 가족들마저 부럽다. 결혼을 해서 일가를 이루면 이런 마음이 없어지는 것일까? 내게는 많은 시간이 지나야 생각할 수 있는 일이지만 매우 까마득한 느낌이다.

엄마와 나, 그리고 저 가족의 차이는 무엇일까? 엄마가 내 앞에서 술을 마시는 이유가, 아빠의 술잔을 대신 채우는 것은 아닐까 하는 생각도 든다. 아닐 것이다. 엄마는 집에 남자와 함께 있다.

가족이라는 그림은 내 마음에 떠도는 M이 만들어 낸 잘못된 환상일 수 있다. 그러면 내가 위안을 받고 있는 M의 정체도 치료가 필요하다는 말이다. 담임이 추천한 상담 선생의 존재가 내게 필요하다는 말인가?

5

운동장을 다섯 바퀴 뛰는 동안 승준이와 수훈이는 말이 없었다. 나는 천천히 달리면서 태연이와 보조를 맞추려고 애썼다. 태연이가 두 바퀴를 돌기 시작하자 절반의 아이들은 교실로 들어갔다. 승준이와 수훈이도 태연이를 쳐다보다 터덜거리면서 교실로 들어갔다. 나는 교복 셔츠에 땀이 배고 얼굴이 벌겋게 달아오른 태연이 팔을 잡았다.

"그만 들어가자. 담임도 갔어."

운동장을 휘둘러보던 태연이가 내 팔에 끌려 교실로 발을 돌렸다. 태연이에게 내 마음을 호소하고 나를 이해시키려던 마음은 접었다. 외면당하는 것보다 내가 먼저 포기하는 쪽이 낫다. 늘 그랬다. 포기는 나를 무기력하게 만들었고 도전하려는 마음도 빼앗아 갔다. 그로 인해 남들은 나를 순한 학생으로 여긴다고 믿었지만, 담임이 상담 선생을 추천한 뒤로 그것마저 잘못된 판단이라는 생각이 들었다. 태연이와 터덜거리며 교실로 향하는데 슬그머니 담임에게 화가 났다. 상담 선생도 나를 운동장을 돌게 할 것이라는 생각이 들었다. 태어난 것도 살아 있는 것도 다 내 잘못이니 운동장 백 바퀴는 돌게 할 것 같았다.

아이들은 아침부터 운동장을 돌고 온 것을 두고 투덜거렸다. 몹시 미안해하는 승준이와 수훈이 앞에서는 불평 대신 담임에 대한 원망을 늘어놓았다. 군대도 아닌데 단체 기합을 준 것은 교장 선생에게 잘 보이려는 술수라는 것이다. 누군가의 입에서 시작된 말은 담임의 인격을 해부하는 것으로 번져 갔다. 겉으로는 원칙적으로 보이지만 교장의 말에 전전긍긍하는 아첨꾼이라는 것이다. 체벌이라는 용어를 빗대어 우정이라는 말을 사용한 것도 자신의 책임을 피하려는 이기적인 마음이라고 했다. 그러기에 우리 반에서 일어나는 문제에 과민해진다고 했다.

'나도 담임의 과민성 레이더에 걸린 것일까?'

그래도 담임은 진심으로 나를 걱정하는 태도였다. 담임의 관심이 싫었을 뿐이다. 나를 통해서 담임이 무엇을 얻으려 했다는 생각은 들지 않았다. 털어서 먼지 안 나는 사람 없다. 어찌 되었든 아이들에게 담임은 나쁜 사람이 되어야 했다. 그렇게 말은 아이들의 입을 타고 부풀려졌다.

그렇지만 아이들은 전체 금연 구역인 학교에서의 흡연은 자제할 것이다. 교장 선생도 금연 교육보다 담임의 방법이 더 효과적일 수 있다는 생각을 할 수 있다. 담임은 가학적이지 않으면서 민첩하게 일을 처리했다는 평판을 들었다. 교육부에서 금지된 체벌에 선생들의 입지가 좁아지던 참이었지만 '우정' 이라는 담임의 말에, 체벌에 대한 논란은 멈추었다.

괜히 아이들은 태연이의 흠뻑 젖은 교복에 조롱 섞인 눈길을 보냈다. 그들에게는 감정을 배설할 누군가가 필요했다. 암묵적으로 선택된 태연이는 그들의 눈길을 묵묵히 견디고 있었다.

더욱이 시험 날짜가 발표되자 교실은 조용해졌다. 한마디로 마가린 한 숟갈 퍼먹었을 때처럼 느끼하고 힘이 없었다. 창가로 햇살만 낭창낭창 퍼지고 있었다. 아이들은 교실 전체로 퍼지는 햇살에도 녹을 대로 녹았다.

고등학교에 들어와서 첫 시험이고, 내신까지 중요하게 여겨지는 요즘이다. 나는 공부를 해 볼까 하는 생각이 들었지만 당장 시작할 이유는 없었다.

태연이도 요즘은 교과서를 펴 들었다. 우주의 별도 시험 앞에서는 힘을 쓰지 못했다. 그래도 태연이는 다르다고 여겼다. 별만 바라본다고 생각했다. 태연이 앞에서만은 당당한 태도를 보이는 승준이가 '공부보다 살을 빼야지.' 라고 말해도 거들고 싶은 마음이 들지 않았다. 운동장을 도느라 가장 힘이 들었던 태연이에게 승준이가 그런 태도를 보이는 것은 잘못이다. 하지만 태연이는 그들의 눈초리에 아무런 반응이 없었다. 그런 눈빛이 당연하다는 태도마저 보였다. 무엇이 태연이를 그렇게 만들었을까? 뚱뚱한 몸, 아니면 가족의 무시? 어찌 되었든 태연이의 마음은 무사하지 못할 것이다. 나는 안다.

그것보다 내가 더 문제다. 무위도식이라는 말이 맞다. 하찮아지는 나 자신을 용납하기 힘들다. 고시원에서 생활하게 된 이유도 묻지 않는 태연이가 고맙기도 했지만 섭섭했다. 태연이마저 내게 관심을 보이지 않는 사실이 서러웠다.

"시험공부 하네!"

"시험은 봐야지."

태연이의 간단명료한 대답에 할 말을 잃었다.

나는 시험 기간이 싫었다. 급식이 안 나오고 일찍 집에 가야 하기 때문이다. 그렇다고 교실에 있는 것이 좋다는 것은 아니다.

태연이가 부럽다. 우주에 대한 책을 읽거나 무단결석하는 것을 이상하게 보는 아이들이 많다는 것을 태연이도 알고 있다. 그렇지만 개의치 않는 모습이 오히려 단단해 보인다. 비만이 그 사람의 인격은 아니다. 태연이는 마음에 천문학자를 품은 아이다.

"시험 끝나고 천문대 가자!"

나를 생각해서 하는 말 같다. 하지만 내가 결석하면 전화해 줄 사람이 없다.

"둘이 동시에 결석하자고?"

"그게 어때서?"

태연이의 자유로움은 어디에서 나오는지 모르겠다. 소소하게 주변의 일에 신경 쓰는 나와는 다르다. 내가 고시원에 있는 것을 태연이가 어떻게 해석했는지 궁금하다. 그렇지만 태연이가 나를 편하게 대한다는 것은 알 수 있다. 내 처지에 대한 동정이거나, 숨은 사정을 보여 준 나를 절친한 친구로 생각할 수 있다.

"이영락, 선생님이 교무실로 오래!"

반장이 교탁 앞에서 큰 소리로 말했다. 문제집을 꺼내던 태연이가 나를 흘깃 본다. 상담 선생 때문일 것이다. 태연이 눈길을 무시하고 의자에서 일어났다. 담임의 호출이 부담스럽다. 몇몇 아이들의 수군거림을 뒤로한 채 교실을 나왔다.

"집에서 전화를 안 받는다는 연락이 왔어."

담임 책상 앞으로 다가서자마자 담임은 걱정스러운 얼굴로 나를 쳐다보았다.

"시험 때라, 도서실 다녀요."

나도 모르게 거짓말이 나왔다. 창피했다. 고시원에 있다는 말은 죽어도 못 하겠다.

"그럼, 상담 선생님한테 네가 전화해, 번호 알려 줄 테니. 오늘 바로!"

"예."

'오늘 바로' 라는 말에 힘을 주며 담임이 말했다. 학교에서 문제를 일으키고 싶지 않기에 나는 승리에 가면 바로 전화를 하겠다고 마음을 굳혔다. 엄마는 여전히 집에 일찍 들어오지 않는 것일까, 아니면 전화를 일부러 받지 않는 것일까.

오늘부터 편의점에 나가기로 했다. 승리에서 온종일 있기에는 너무 무료했다. 상담 선생과 만나는 일을 정리하면 훨씬 가벼운 마음으로 편의점 일도 시작할 수 있다. 그렇지만 상담 선생과는 얼마나 만나야 하는지, 무엇을 해야 하는지 아는 게 없다. 담임에게 상담 선생의 전화번호를 받아 들고 교무실을 나왔다.

편의점에서 하는 일은 간단했다.

음료수와 삼각 김밥, 그리고 소주와 햄, 일회용 면도기, 물티슈, 생리대와 콘돔 등 편의점에는 없는 것이 없었다. 살아가는 데 기본적인 것은 편의점에서 거의 해결할 수 있었다. 자신에게 필요한 물건을 사가는 사람들을 보면서, 성장한다는 것은 혼자 살아가는 일에 익숙해지는 것이라는 생각이 들었다.

고시촌이라고 고시생들만 있는 것이 아니었다. 현대판 쪽방인 이곳에 머무는 사람들은 독신자, 외국인 노동자, 대학생, 그리고 나머지가 고시생이다. 엄밀하게 말하면 로스쿨이 생기면서 정작 고시생들은 드물었다. 그 자리에 공무원 시험 준비를 하는 부류가 있었다. 로스쿨의 엄청난 학비와 경쟁력 때문에 있는 집 자식들의 귀족학교로 불리는 그곳을 갈 수 있는 사람도 제한적이었다. 나는 귀족이 되고 싶은 마음이 없다. 엄마와 살면서 세끼 밥만 먹어도 행복하다. 이런 소소한 바람마저 내게는 멀고 먼 일이 되었다.

고시촌에 머무는 그들도 몹시 무료했다. 시간적인 무료함보다 분주한 그들의 몸짓에서 오히려 적막감이 돌았다. 술과 담배를 사 들고 피시방과 인형 뽑는 기계 앞에서도 한참을 있었다. 한 평 남짓한 방으로 돌아가기에는 많은 인내심이 필요했다. 미래의 목표가 때로는 먼 하늘의 구름으로 여겨질 때, 그들은 길거리에서 불안한 배회를 하곤 했다. 거리에 넘쳐 나는 사람들 속에서도 혼자 다니는 사람이 절반이 넘었다. 그러다 그들은 스스로를 고립시키고 좁은 방에서 나오지 않았다.

승리의 총무도 집이 지방이었다. 대학을 졸업하고 4년째, 고시원 생활을 하고 있다. 대학을 졸업하던 해에, 1차에 한 번 붙은 게 그의 이력의 전부다. 로스쿨이 시작되면서 사법고시는 힘들다고 7급인지 5급인지 행정 고시 준비를 하고 있다. 하지만 총무의 펼쳐진 법전은 거의 같은 페이지였다. 내가 머물고 있는 고시촌은 어찌 보면 고여 있는 물 같았다. 말갛게 내장을 드러내고 있다가 부옇게 썩어 버리는 물.

손님이 한가해진 틈을 타, 상담 선생에게 전화를 했다. 일단은 상담자가 되는 것이 급선무다. 담임의 눈에서 벗어나는 일을 할 용기가 없다. 고시원에 있다는 것이 창피하다. 영문은 모르지만 담임의 말을 들어야 한다.

"영락이라고? 내일 시간 약속할 수 있겠니?"

"예. 하지만 꼭 집에서 만나야 하나요?"

"그럼."

"그러면 토요일만 되는데요."

"그래? 그럼 이번 토요일 두 시쯤 너희 집으로 갈게."

"예."

내 의지와 상관없이 집으로 가게 되었다. 교묘하게도 상담 선생이 적당한 핑곗거리가 되었다. 엄마에게 전화를 할까 하다 그만두었다.

편의점에 진열할 물건을 실은 차가 온다. 저녁 시간에 오는 물건은 내가 받았다. 물건을 확인해서 진열하고 남은 물건은 창고에 보관하는 일이다. 사장이 미리 설명해 주었지만 박스를 옮기고 뜯는 일이 생각보다 시간이 걸리고 힘들었다. 작업을 하다 손님이 오면 물건도 팔아야 하기 때문에 정리하는 일도 만만치 않았다.

열 시가 되자, 나와 교대할 알바생이 왔다.

"척 봐도 내가 형뻘이겠다. 형이라고 불러."

남자는 나를 훑어보더니 그렇게 말했다. 일회성 만남이다. 형이라는 말을 할 필요도 없다. 친한 척 다가오는 그에게 괜히 마음이 상했다. 그와 나는 계산을 맞추고 교대했다. 돈이 얼마 있는지 확인하는 작업이 일의 끝이다. 그러면 늦은 밤이나 아침에 사장이 와서 돈을 수거해 간다. 늦은 밤에는 손님이 별로 없지만 잠을 못 자면서 돈을 버는 일도 만만치 않은 일이다.

유통기한이 금방 지난 삼각 김밥과 음료수를 그가 내게 건넸다.

"간식으로 먹어."

얼결에 먹을 것이 담긴 봉지를 들고 편의점을 나왔다. 무심코 비닐봉지를 받아 들었지만 호의적인 마음이 반짝 생겼다. 굳이 챙겨 주지 않아도 되지만 관심을 가져 주었다. 모르는 사람도 이렇게 친절한데……. 처음에 들었던 마음이 누그러들면서 다시 엄마에게 생각이 미친다.

승리로 가는데 발길이 옮겨지지 않는다. 머물수록 벗어나고 싶은 곳이다. 알바를 하는 것도 시간을 죽인다는 것 외에는 의미가 없다. 돈을 모아 사고 싶은 것도 없다. 노트북을 사려는 마음은 들었지만 절실하게 필요하지는 않았다.

집으로 돌아가면 그나마 노트북도 필요 없어진다.

승리에 들어와 형광등을 켰지만 방바닥에 앉기가 싫다. 그대로 나와서 총무가 있는 방을 노크했다. 창문을 열고 총무가 왜냐는 표정으로 나를 쳐다본다. 나는 비닐봉지를 들어 올렸다. 총무가 문을 열어 주었다. 총무실도 내 방과 같은 구조였다. 책상만 창문 쪽으로 나와 있다. 들락거리는 사람들을 상대하면서 공부를 하려는 목적이었다.

"편의점에서 알바하는데 먹을 것이 남아서요."

방 안으로 들어서면서 멋쩍어 변명을 늘어놓았다. 총무는 텔레비전을 보고 있었다. 고시생이라고 공부만 하는 것은 아니었다. 삼각김밥을 하나씩 들고 먹으며 총무가 보던 드라마를 같이 봤다. 내용을 알 수 없어 배우의 표정만 무심하게 바라보았다.

"부도났어?"

총무가 텔레비전에서 눈을 떼지 않고 물었다. 고등학생이 고시원에 있는 이유를 나름대로 생각한 눈치다.

"예."

방에 있기가 싫어 여기로 왔지만 대답하려니 귀찮아졌다. 그렇다고 엄마가 다른 남자와 살기 위해 나를 내보냈다는 말은 할 수 없다. 차라리 부도가 인간적이다. 음료수를 마시고 일어났다.

"가려고? 더 있다 가."

총무가 붙잡았다. 총무도 어지간히 심심했던 모양이다. 고시원 생활을 하다 보니, 말할 기회가 전혀 없었다. 때로는 입이 붙었나 싶어 시험 가동으로 혼잣말을 한다.

'영락아! 이영락.'

내 이름을 불러 보기도 한다. 그리고 말하는 데 지장이 없구나 하면서 잠깐씩 쓸쓸해한다.

"숙제 있어요."

총무의 말을 자르고 나왔다.

방으로 들어오는 순간, 후회가 되었지만 총무와 있어도 마찬가지다. 핸드폰을 책상 위에 놓고 방바닥에 펼쳐진 이불 속으로 들어갔다. 자고 나면 아침이지만 잠들기가 힘들다.

토요일이다.

상담 선생이라는 빌미가 있지만 엄마에게 집으로 간다는 말을 하지 않았다. 학교를 나올 때까지 전화를 해야 한다는 생각뿐이었다. 생각만 그랬다. 생각보다 더 깊은 마음에서, 갑자기 내가 들이닥친 집에서 엄마가 무엇을 하는지 확인하고 싶었다. 그 마음 때문에 전화를 하지 않았다.

집 앞이다. 벨을 눌렀다. 인기척이 없다. 고시원으로 갈 때, 주머니에 넣어 온 열쇠를 꺼냈다. 남의 집 앞에 서 있는 기분이다. 다시 한번 벨을 눌러 보고, 열쇠로 문을 열었다. 남의 집을 침입하는 기분이 이런 것일까?

집 안의 풍경은 어지러워 한눈에 들어오지 않았다. 그것보다 낯선 옷이 내 눈에 익지 않았다. 예상한 것과 목격하는 것은 기분이 달랐다. 엄마가 주말에는 집으로 오라고 했다.

갑자기 나는 어찌할 바를 몰랐다. 무단 침입자라는 생각만 들었다. 다시 나갈까? 상담 선생은?

엄마에게 전화를 했다. 이런 상황은 생각지도 않았다. 그저 엄마를 당황하게 만들고 싶었지만 당황하는 쪽은 늘 나다. 갑자기 들이닥친 엄마가 나를 경찰서에 신고할 것 같은 더러운 기분마저 든다. 그냥 집에서 나가고 싶다. 전화기 너머로 엄마 목소리가 들린다.

"집에 왔는데."

소심하게 작아진 내 목소리.

"연락을 하고 와야지! 엄마는 저녁에나 들어갈 텐데."

짜증 섞인 엄마 목소리.

"기다릴게."

"뭘 기다려? 고시원에 가 있어. 엄마가 내일 갈게."

"알았어. 괜찮으니까 오지 마."

전화를 끊는데 눈물이 뚝 떨어진다. 상담 선생 때문에 집에 온 것도 핑계였다. 담임에게 싫다고 완강하게 말하지 못한 것이 후회가 된다. 담임이 나에 대해 알고 있는 것도 없다. 담임에 대한 원망이 들자 눈물도 멈춘다. 동시에 전화벨이 울린다. 엄마에게 온 전화는 아닐 것이다. 망설였지만 전화를 받았다. 내가 이 집의 손님이라는 생각을 지울 수 없다. 그렇지만 상담 선생의 일은 내가 마무리해야 한다.

"영락이네 집이지요?"

"예."

상담 선생의 확인 전화였다. 골목 입구에서 집을 찾고 있는 중이란다. 가방을 방에다 내려놓고 다시 골목으로 나갔다. 골목 입구에서 두리번거리는 여자가 보였다. 그쪽으로 천천히 걸어가자 여자가 나와 눈을 맞추며 다가왔다.

"영락이구나!"

내가 고개를 끄덕이자 상담 선생은 반갑게 웃으며 악수를 청했다. 엉거주춤 내민 손을 상담 선생이 놓지 않았다.

"하도 반가워서 그래. 몇 번 전화했거든."

내가 손을 빼려 하자 상담 선생이 활짝 웃으며 말했다.

집으로 들어왔다. 이 집에서 나를 찾은 첫 번째 사람이다. 상담 선생은 아주 잠깐 방 안을 둘러보더니 가방에서 샌드위치를 꺼냈다.

"점심 먹었니? 오늘 급식도 안 했을 텐데."

대답을 하지 않았다.

"교복도 안 갈아입은 걸 보니, 금방 왔나 보네. 같이 먹자."

상담 선생이 샌드위치 비닐을 벗겨 내게 먼저 건넸다. 가방에서 또 우유를 꺼내 주고, 나머지 샌드위치를 들더니 먹기 시작했다. 샌드위치를 먹는 상담 선생을 보니 어이가 없었다. 엄마와 통화까지 하게 만들고, 고작 샌드위치나 먹는 상담 선생을 용서할 수 없다.

"엄마들은 보통 어떤 사람이라고 생각하니?"

"……."

"엄마라는 자리가 희생과 사랑만 있다고 막연하게 생각들 하지. 하지만 선생님 엄마는 그렇지 않았거든. 지금도 선생님한테 용돈 달라, 보약 사 달라, 너무 많은 요구를 해서 힘들어. 상담 교사라는 직업도 왜 선택했는지 아니? 학창 시절 우리 엄마와 하도 싸우다 보니, 사람들의 심리가 궁금해졌어. 엄마면 다 같은 엄마지, 우리 엄마는 왜 당신만 생각하는지, 다른 엄마들하고 왜 다른지……."

상담 선생이 말을 하다 우유 팩을 뜯어 마신다. 갈수록 태산이다. 자기 신세 한탄하러 나를 만나러 왔다.

"미안, 괜히 선생님 얘기만 했네. 선생님은 서울시에 소속된 청소년 상담실에서 나왔어. 선생님의 방문 목적은, 너에게 어른 친구가 되어 주는 거라면 이해하겠니?"

"아니요."

"그렇지. 이해하기 좀 힘들 거야. 그렇지만 네가 뭐 나쁜 애도 아니고, 잘못한 게 있어서 벌주려는 것도 아니고, 좋은 시민을 만들기 위한 여러 가지 작업 중 하나로 생각하면 편한데. 우리는 매주 만나야 하는 사이가 되었는데."

"매주요?"

"그래. 최소한 육 개월은 만나야 해."

"힘들어요."

"왜?"

"시간이 없어요."

"시간이 없다, 제일 중요한 게 없네! 어쩐다, 그래도 꼭 만나야 하는데."

상담 선생이 내 얼굴을 똑바로 쳐다보았다. 난감했다. 상담 선생을 핑계로 집으로 오고 싶은 마음은 이미 없어졌다. 그럼에도 중요한 것은 내가 학교를 그만두고 싶은 마음이 없다는 것이다.

"여기서 끝내면 안 돼요?"

"안 돼."

단호한 말투다. 자신의 말을 할 때와 다르다. 시간이 왜 없느냐는 말도 묻지 않는다. 엄마 핑계를 댈 수도 없고, 솔직하게 말하는 게 최선이다. 요즘은 모든 일이 벼랑 끝으로 몰린다. 내가 고시원에 있다는 것을 담임이 알아도 문제될 일은 없다. 창피하다고 덮을 일은 아니다. 내게 더 이상의 창피함이나 부끄러움은 사라지고 있었다.

"여기는 엄마 집이고, 제 집은 다른 곳에 있어요."

"미성년자 혼자 살고 있다고?"

"고시원에 있는데, 오늘 다니러 왔어요."

"그래?"

이번에는 상담 선생이 놀라는 눈치다. 잠깐이지만 가슴이 시원해진다.

"고시원으로 간 것은 누구 생각이었어?"

"엄마요."

엄마를 누군가에게 일러바치자 속이 후련했다.

"흠, 엄마한테 섭섭한 마음이 크겠구나."

혼잣말처럼 중얼거리면서 상담 선생이 잠시 생각하는 눈치다. 나는 문 쪽을 힐끔거렸다. 누군가 문을 확 열고 들어와 누구냐고 소리 지를 것 같았다. 옷걸이에 걸린 겨자색 점퍼가, 방바닥에 널브러진 파란색 스트라이프 무늬의 잠옷 바지가 나를 쫓으려고 툭툭 일어나는 느낌이 든다.

"엄마는 출장 가서 내일 오후에 와요. 그리고 다음 주부터 시험이라 공부해야 해요."

"그렇구나! 그럼 네가 있는 고시원으로 선생님이 갈게."

"내 문제가 뭔데요? 그리고 선생님을 만난다고 바뀌는 게 있겠어요?"

"바뀌는 거 있지. 너와 하는 얘기를 비밀로 해 줄 수 있는 선생님을 알게 되는 것과 네 마음을 터놓고 말할 수 있는 상대를 만났다는 것. 이 정도면 너한테 밑지는 장사는 아니잖아?"

"비밀로 할 얘기 없어요."

상담 선생, 은근히 질긴 구석이 있다. 내가 말을 할수록 불리해진다. 가방을 메고 일어섰다. 빨리 여기서 나가야 한다.

"고시원으로 갈 거니?"

"예."

"같이 나가자!"

상담 선생은 방바닥에 있던 샌드위치를 들어 내 가방에 넣어 주었다.

"가서 먹어."

들어올 때는 몰랐지만 신발장 위에 남자 운동화와 구두가 한 켤레씩 있다. 그러면서 엄마는 주말에 내게 오라는 말을 했다. 모든 면에서 떳떳하게 사는 사람이다. 상담 선생과 골목길을 나오는 동안 지나가는 남자가 있으면 가는 것을 끝까지 지켜보았다.

"찾는 사람 있니?"

상담 선생이 나를 따라 뒤를 보며 물었다. 나는 대답하지 않았다. 엄마가 나를 밀어내고 같이 사는 사람의 모습이 궁금했다. 엄마도 알고 있다. 남자와 같이 살고 있는 것을 내가 아는 것에 대해서.

여러 날이 지나면 엄마는 '네 아빠라고 하면 안 되겠니?' 하고 소개를 해 줄지도 모른다. 지금은 그저 그 남자와 문제없이 지내고 싶은 마음만 있을 것이다.

자존심을 지키고 싶었다. 엄마를 찾지 않고, 스스로도 잘 살아가는 것을 보여 주려고 했다. 상담 선생만 아니었으면 그런대로 괜찮게 굴러가던 각본이었다. 이렇게 한번 마음이 다치면 한동안 힘이 든다. 그러다 M이 나타날까 두렵다. 내 안에 있는 M이 상담 선생까지 불렀다는 생각을 한 적이 있다.

나를 빤히 쳐다보는 상담 선생도 구경꾼이다. 겨우 샌드위치 하나 사 와서 내 가방에 넣었다. 담임의 말에 긴장하고 전화에 대한 조바심을 내게 한 결과가 이것이라는 것에 화가 났다.

상담 선생만 아니었으면 엄마에게 전화하지 않았다.

상담 선생 얼굴을 외면한 채 다시 걸었다.

"제가 학교에서 문제를 일으킬까 봐 이러는 거예요?"

"문제를 일으킨다는 것보다, 네 스스로를 통제하지 못하는 것을 최소화시키려는 거야."

어디서 듣던 말이다.

"통제 못한 적 없어요?"

"앞으로는 문제가 될 수 있지."

"샌드위치나 먹으면 그런 문제가 해결이 되나요?"

"다음에도 샌드위치 기대하는 건 아니겠지? 오늘은 처음 만나는 날이라서 인심 쓴 거야."

"……."

"다음 주 토요일은 학교 안 가지? 열한 시쯤 선생님이 전화할게."

대답 없는 내게 실망의 표정도 없이 상담 선생은 손을 흔들고 큰길로 나갔다. 몇 번쯤 만난 사람처럼 말하고 행동하다 간다.

상담 선생보다 엄마와의 통화로 내 마음이 다쳤다. 상담 선생에게 고운 말이 나갈 리 없었다.

총무가 문 앞에서 청소하는 아주머니에게 잔소리를 하고 있다. 무심히 지나쳐 방으로 들어와 바닥에 털썩 주저앉았다. 힘이 쭉 빠진다. 노크 소리와 함께 문이 왈칵 열린다. 노크는 왜 했는지, 바로 문을 열면서.

"영락아, 이거 같이 먹자!"

총무가 비닐봉지를 흔들며 들어왔다.

"고시원 일 년차 애들한테 주로 오는 보약이지. 애들이 냉장고에 넣을 자리가 없으면 제일 먼저 버리는 게 보약이야. 처음에나 버릴 수 있지만 나중에는 오지도 않아. 우리처럼 몇 년 있으면 이런 거라도 주워 먹어야 기력을 보충할 수 있어."

총무는 대단한 횡재라도 한 것처럼 기분이 들떠 있었다. 봉지 하나를 집어 능숙하게 구멍을 내더니 비닐 팩의 마지막 남은 국물까지 쭉쭉 짜면서 먹는다. 물끄러미 바라보는 내게 하나를 준다.

"청소하는 아줌마가 몰래 싸 가는 것을 뺏은 거야. 어서 먹어."

총무가 큰 인심을 쓴다는 표정으로 말했다. 가끔씩 내가 주는 삼각 김밥과 음료수도 허겁지겁 먹던 총무다. 먹는 것에 환장했다. 집에 있을 때, 내가 엄마에게 부리던 투정과 비슷하다. 먹어도, 안 먹어도 배가 고프던 그 느낌. 고시원에 오고부터 그 증세는 없어졌다.

나도 비닐봉지를 뜯어 약을 마셨다. 쌉싸름한 맛이 무슨 약인지도 모르겠다. 보약인지 치료약인지도 모르면서 무작정 먹어 대는 총무가 내일도 무사하기를 바랄 뿐이다. 약 효과도 없이 광대뼈가 드러난 총무의 얼굴은 퍼석하기만 하다. 청소하는 아줌마도 사실은 할머니라고 해야 옳다. 늙은 아줌마가 청소하다 주운 약을 빼앗는 총무의 태도로 보아 고시에 합격하지 않은 것은 다행이다.

혼자 있는 편이 낫다. 말이 길어질까 봐 약도 먹었는데, 총무는 나갈 낌새가 없다. 괜히 약만 먹었다.

"우리처럼 비정규직 말이야, 사회에서 법적 제도를 마련해 줘야 되지 않냐?"

이건 또 자다가 무슨 남의 다리 긁는 소린지 알 수 없다. 우리가 무슨 비정규직인가, 나는 학생이면서 알바를 하는 것뿐이고, 총무는 공부하면서 용돈을 버는 취업 준비생이다. 약을 먹은 총무가 이상한 곳으로 힘이 뻗치는 모양이다.

"직업도 아닌데, 무슨 법적 제도가 필요해요?"

한동안 총무는 나갈 마음이 없었다. 나는 잠시라도 그의 말벗이 되어 주어야 했다.

"이런 일로 밥 먹고 사는 사람이 부지기수야. 처음부터 비정규직이 좋아서 시작하는 사람이 어디 있어? 기초 생활과 인간 기본권의 보장은 헌법에도 명시되어 있는데 그것은 지켜야 하지 않을까? 여기서 총무 하면서 받는 돈이 고작 사십만 원이야. 말이 된다고 생각해?"

말이 되는지 안 되는지 상관하고 싶지 않다. 그저 지금은 다리를 쭉 펴고 눕고 싶다. 내 일로도 머리가 깨질 판이다.

"하긴 네가 무슨 생각을 하겠니?"

대답 없는 내가 답답했는지 총무가 나갔다. 그제야 나는 방바닥에 드러누웠다.

상담 선생 일은 아무리 생각해도 기가 막혔다. 겨우 일상의 소소한 문제를 들추며 나를 만나자는 이유를 알 수 없다. 장차 내가 사회에서 범죄를 저지를 소지라도 있다는 말 같다. 위기의식이 든다. 나는 발딱 일어났다. 내게 닥친 문제가 무엇인지 되짚을 필요가 있다. 엄마가 나를 끝없이 밀치는 데도 불구하고 그 자리로 파고들려는 내 정체도 의문이다. 이 나이면 모두가 가족의 품에서 벗어나고 싶어 한다. 나만 다른 세상으로 날아들기를 거부하고 있다. 태연이나 승준이는 자기가 날아들 세상을 준비하고 있다. 하지만 내 세상은 온통 엄마를 거쳐서 존재한다고 믿는 것이 문제일까?

총무의 비정규직 얘기가 떠오른다. 비정규직이라는 말이 결손가정과 같은 말로 다가왔다. 상담 선생의 존재를 엄마에게 알리고 토요일마다 집으로 가는 것이 옳은 일이 될 수 있다. 방문이 닫히지 않았다.

일어나 총무가 잠그지 않고 나간 손잡이를 눌렀다. 어디론가 내가 튀어나갈 것 같다. 잠긴 문이 나를 보호해 줄 것이다. 마음이 절박해질수록 무엇에라도 의미를 붙이려는 주술적인 마음이 든다.

핸드폰이 울린다. 엄마다.

"너, 집에 들어왔었니?"

"응."

"열쇠 아직도 가지고 있구나. 내일 아침에 집으로 와. 할 말 있어."

"알았어."

문을 열고 들어갔다는 것이 잘못이라는 것일까. 나는 엄마 말에 순순히 응했다. 나는 침입자였다. 총무와 내가 오버랩된다.

처음부터 완벽한 고아였으면 좋겠다.

편의점에서 물건을 사 가는 사람처럼 나도 엄마를 필요에 따라 쓸 수 있는 일회용으로 생각했으면 좋겠다. 그래야만 내가 산다. 잠깐 전에도 엄마에게 상담 선생 말을 하려는 생각을 했었다. 내가 옳지 않다.

지금은 내가 엄마를 버릴 때다.

6

　사실은 집에 가고 싶지 않았다. 집에 있던 그 옷을 입은 남자와 마주치는 것이 두렵다. 엄마가 남자를 꼭꼭 숨기기를 바랐다. 나는 끝까지 모르는 척해 주려는 아량을 갖고 있었다. 하지만 엄마는 내 아량마저 짓밟았다. 티끌만큼도 나에 대한 배려가 없었다.

　부딪쳐서 깨지든 박살이 나든, 나도 엄마를 향해 돌진해 나갈 것이다. 이것보다 잃을 것은 없다. 엄마의 팽팽한 활에서 나오는 화살에 익숙해 있다. 나도 심장에 두터운 방패를 두르고 맞설 것이다. 늘 마음에서 생각하는 일이다. 그러나 막상 닥치면 쉽게 무너진다. 애초에 의지가 있었는지조차 의심스러울 때가 많았다.

　엄마가 집으로 오라는 말에 나는 다시 기대를 걸었다. 정신이 있는 사람이라면 말도 안 되는 일이라는 것을 알 것이다. 낯선 남자, 고등학생인 나와 엄마가 한방에서 산다는 것이 서로에게 얼마나 스산할 것이라는 것은 짐작으로도 알 수 있을 것이다.

고시원 방을 나왔다. 정색을 하고 나를 포장하더라도 어차피 나는 엄마 말을 따를 것이다. 소식도 없던 엄마가 나를 집으로 불렀다. 이유는 상관없다. 엄마 얼굴을 보는 것만으로 괜찮다. 혼란스러운 마음은 빨리 정리할수록 행동하는 데 유리하다.

102호 아저씨가 모자를 푹 눌러쓰고 나간다. 40여 명이 살고 있는 고시원이지만 사람들끼리 서로 마주치는 경우가 거의 없는 것도 신기하다. 은둔 생활을 하는 것처럼 여기에서는 서로 알은체를 하지 않았다. 여기에 온 지도 보름이 지나간다. 서로가 익명으로 살아가는 것이 편할 수 있는 구조다. 그래도 총무가 알은체를 하면서 내 방을 드나드는 것이 때로는 좋을 때가 있다. 밤마다 엄마를 기다리는 일이 없어지자, 나는 허전해졌다. 시간이 지나면 익숙해지고 적응할 수 있을지는 모를 일이다. 다만, 그렇게 되어야 한다는 것은 알고 있다. 갈수록 세상 사람들이 혼자 있는 것에 익숙해지는 것이 두렵다. 고시원은 좀비들의 집합체다. 서로의 존재를 알 필요도 관심을 가질 이유도 없다. 서로의 필요충분조건은 무관심일 뿐이다. 외톨이가 무섭다는 것은 귀신도 모를 일이다.

총무도 늦잠을 자는지 창문이 닫혀 있다. 한가한 일요일 아침이다. 이른 시간을 이제야 감지하고 나는 천천히 버스 정류장으로 발걸음을 뗴었다. 뒤척이던 잠에서 깨어났지만 머리는 말갛게 개고 있었다.

집 앞이다.

문을 두드렸다.

"누구세요?"

한참 만에 엄마 목소리가 들렸다.

"나."

문이 열리고 이제 막 잠에서 깬 엄마 얼굴이 부스스하게 나타났다.

"참 일찍 왔네! 들어와."

방으로 들어서자, 파란색 스트라이프 무늬의 잠옷 바지를 입은 남자가 보인다. 인생, 예상을 빗겨 나기 참 힘들다. 남자는 잠옷 바지 위에 운동복을 입고 있었다. 급하게 서두는 느낌이다.

"일찍 오라고 했잖아?"

방바닥에 앉으며 아무렇지 않게 말했다. 나 때문에 서두는 남자를 보는 것이 통쾌하기도 하지만 전신에 먹물이 배어드는 느낌도 든다.

"나가 있을까?"

운동복으로 갈아입은 남자가 선량한 음성으로 엄마에게 물었다. 엄마와 나직한 음성으로 말한 적이 없었기에 그렇게 들렸을 수 있다. 내 존재에 대해 낱낱이 알고 있으며 엄마와는 상당히 친하다는 것을 알 수 있었다.

엄마는 내가 초등학교를 졸업할 무렵, 내 목소리가 듣기 싫다고 말을 하지 못하게 했다. 변성기를 맞이한 내 목에서는 굵다가 가늘어지고 종잡을 수 없는 음색이 나왔다. 엄마는 시끄럽다고, 될 수 있으면 입을 다물라고 했다. 엄마에게 말하기 위해 나는 몇 번이나 목을 가다듬어야 했다. 엄마가 좋아하는 목소리를 가진 남자다. 맑고 낮은 중저음의 목소리. 변성기를 지난 지금의 내 목소리도 중저음이다.

"뭐하러? 갈 데도 없는데."

서로에게 비밀이 없이 모든 것을 공유하고 있는 말투다. 남자가 나를 내려다보았다. 내게 양해를 구하는 눈치다. 나는 아무 표정 없이 있었다.

"영락이 너도 알고 있겠지만 엄마랑 같이 사는 아저씨야. 인사해."

나는 고개를 들어 남자를 한번 쳐다보기만 했다. 눈도 작고 머리숱도 적다. 최소한 몇 달 안에 대머리가 될 가능성 백 프로다.

"반갑다. 얘기 많이 들었어. 진작 만나야 했는데."

역시 목소리는 굵으면서 맑다. 사람을 끌어당기는 힘이 있다. 그렇지만 아들을 쫓아낸 자리에서 살고 있는 무능력한 남자다. 엄마는 사람을 넓고도 깊게 보지 못하는 단점이 있다. 이런 사람이 나에 대해 알고 있다는 게 분하고 억울했다.

"너를 밖으로 내몰고 이 아저씨랑 사는 게 속상하지?"

"……."

"그렇지만 네 친아빠도 아닌 사람과 한방에서 같이 살기는 힘든 일이잖아? 너도 그 정도는 이해할 나이가 됐다고 생각해. 그렇지만 네가 주말에는 집에 와서 같이 시간을 보내면 좋겠다는 생각이 들어서 오라고 한 거야. 엄마가 선택한 일에 이렇다 저렇다 토 다는 일은 하지 말았으면 좋겠고."

"굳이 주말에 올 필요가 뭐가 있어?"

"아들이잖아? 자식은 버린다고 버려지는 것도 아니더라. 가을쯤 이사 갈 거야. 그때 합쳐서 같이 살자."

"뭐하러? 고시원에서 사는 것도 괜찮아. 어제 집에 온 것은 상담 선생이 집으로 온다고 해서 할 수 없이 왔어. 이제 올 일 없어."

어제 일을 변명할 기회를 놓치지 않았다. 겨우 앙금이 가시는 기분이다. 그렇지만 가을쯤 이사하고 난 후에 남자와 함께 살겠다는 말을 하는 것이 세상의 이치다. 급하게 나를 고시원으로 내몰 것이 아니라 엄마가 가을까지 참아야 했다. 뻔뻔한 일을 아무렇지 않게 말하는 것도 엄마의 습성이다.

"상담 선생이 왜 집으로 와? 학교에서 문제 일으켰니?"

"문제는 무슨?"

"그럼 상담 선생이 왜 집으로 와?"

"담임이 상담하겠다고 불러 댈 때는 꿈쩍도 하지 않더니, 웬 난리야?"

"그럼 그때 일이 아직 마무리되지 않은 거야?"

"신경 쓸 거 없어. 내 일이야."

"참, 말 싸가지 없이 하네. 그럼 밥이나 먹자."

엄마가 일어나 주방으로 가면서 말했다. 남자도 엉거주춤 엄마 따라 일어나더니 창문을 열고 이불을 개기 시작했다. 언제부터 시작되

었는지 기억조차 가물가물한 엄마와 나의 전투적인 대화법이 이제
는 마음이 아프다. 남자의 행동은 온화하고 부드러웠다. 엄마의 취향
이 바뀌었는지 내가 몰랐는지 아득하기만 하다.

"넌, 뭐 하니? 방이라도 닦아."

왈강거리는 수돗물 소리에 섞여 엄마 목소리가 방 안 가득 울려 퍼
진다. 엄마는 변한 게 없다. 늘 그랬다. 그랬기 때문에 나는 습관적으
로 걸레를 가지러 화장실로 갈 뻔했다. 나를 전투적으로 만든 것은
엄마다.

"갈래."

내 말을 들은 엄마가 고무장갑을 낀 채로 달려와서 내 등짝을 확 내
리쳤다. 엄마가 갑자기 돌변하는 것도 한두 번이 아니다. 남자가 있
음에도 엄마의 이런 태도에 나는 더욱 절망스러웠다. 이 남자는 엄마
의 모든 것을 이해한다.

"그러고 가면 좋아?"

엄마의 말에 나는 눈을 부릅뜨고 엄마를 노려보았다. 화장실로 들
어간 남자가 걸레를 가지고 나왔다. 나는 신발을 신었다. 남자가 걸
레를 손에 든 채 나를 쳐다본다. 마치 방은 자신이 닦아도 되니 들어
오라는 표정이다. 이 그림 속으로 다시는 안 들어갈 것이다. 그렇지
만 남자마저 이 그림에 익숙하게 배어 있는 것이 이상하다.

"좋아. 이제 네가 필요하면 와. 엄마는 너한테 절대 안 갈 거야."

가당치도 않게 등 뒤로 들리는 엄마 목소리가 젖었다는 느낌이 든

다. 그렇지만 엄마는 절대 나를 찾지 않을 것이다. 제발 이번에는 생각대로 되기를 바란다. 엄마가 그렇듯이 나도 그러기를 바란다.

집을 나와 길을 따라 걸었다. 이제 승리만이 내가 머물 수 있는 곳이 되었다. 나도 승리의 배경으로 들어간다. 주먹을 쥐었다. 그리고 다시 다섯 손가락을 활짝 폈다. 하얗게 운명선들이 튀어 올랐다. 잘게 이어진 선이 미로 같다. 스스로 길을 찾아야 하는 숙제로 보인다.

부모 운 없음, 나는 역학자가 되어 운세를 점쳤다.

가까운 미래에 속세를 떠나 저 우주를 여행할 것임.

손바닥을 펴고 쥐기를 반복했다. 태연이처럼 우주를 생각하면서 살자. 광활한 우주의 한 점으로 위치한 지구상에서, 내 존재는 한낱 미미해서 먼지처럼 여겨질 것이다. 내 마음에 우주를 품고 있으면 엄마 따위도 미미해져서 옷에 묻은 먼지로도 생각지 않을 것이다. 나는 주문을 외웠다. 혼자 살아가더라도 지치지 않도록, 내 몸에 거북이 등껍질처럼 단단한 보호막을 만들 준비를 해야 한다고 되뇌이며 천천히 승리를 향해 발짝을 옮겼다.

승리 문 앞이다. 나는 새로운 손으로 문을 열었다.

"등산 갈래?"

기다렸다는 듯이 총무가 나를 맞이한다.

"등산이요?"

"일요일이라 사람도 없고 몸이 뒤틀려 죽겠다."

"저녁에 편의점 알바 가는데."

"세 시간이면 돼."

못 갈 이유도 없다. 방에서 뒹구는 것보다 낫다. 내가 고개를 끄덕이자마자 총무가 앞장을 섰다.

"괜히 튕기긴. 너도 공부는 접은 폼인데, 뭐."

공부를 접었는지 폈는지는 나도 생각해 본 적 없는 일이다. 내 나이가, 교실에 앉아 있어야 하니 그렇게 했다. 나는 여태 엄마에게 갇혀서 살았다. 내 의식은 엄마의 감옥에서 나올 줄 몰랐다. 오늘은, 감옥에서 해방되는 날이다. 이런 날 등산을 가는 것도 괜찮다. 나는 오랜만에 총무의 제안에 만족했다. 개똥도 약으로 쓰일 때가 있다.

관악산은 부지런했다. 발목 길이까지 자란 어린 풀들, 무릎 밑으로 서성이는 개망초, 어깨를 넘나드는 벚나무, 내 키를 훌쩍 뛰어넘는 노간주나무를 지나도록 총무와 나는 입을 굳게 다문 채 걸었다. 산 밑에서부터 차례로 키 재기 순서로 자라나는 나무도 모두 자기 몫의 싹을 틔우고 있었다.

벌써 하산하는 사람들 이마에는 땀이 맺혔다. 아직 아침도 안 먹었지만 이미 아침은 사람들의 발길에 닳아지고 있었다. 배고프다. 총무 얼굴을 힐끗 쳐다봤다. 손에는 물병 하나 없다. 총무도 아침을 굶었을 확률이 높다.

"내려가자!"

이제 막 높아지는 산 중턱에 다다르자 총무가 말했다. 내 앞에서 총무는 제멋대로였다. 어이가 없었지만 총무의 말을 들었다.

매점이 늘어선 산 입구에 오자 총무가 주머니를 뒤지기 시작했다.

"갑자기 나오느라 돈을 못 가져왔네."

총무가 난처한 듯 말하면서 매점을 쳐다보았다. 내가 지갑을 꺼내자 총무의 얼굴이 환해졌다.

"김밥하고 소주 한잔하자!"

어디 가나 술타령이다. 나는 컵라면을 하나 더 샀다. 다시 산 입구에 있는 나무 벤치로 가 앉았다. 총무는 종이컵에 소주를 가득 따르더니 벌컥거리고 마셨다. 나는 김밥과 컵라면을 먹기 시작했다. 총무는 혼자 소주를 벌컥거리고 마시더니 내 컵라면을 빼앗아 국물을 홀쩍거리기 시작했다.

"이제 가슴이 확 트이네!"

총무의 목소리가 밝아졌다. 얼굴도 금세 밝은 기운이 돌았다. 술한 잔에 기분이 바뀐 총무가 내게 한 잔을 건넨다.

"마셔. 이게 인생의 비타민이야."

총무가 주는 것이 아니었다면 나는 그 술잔을 받았을 것이다. 나는 고개를 저었다. 아까웠는지 총무도 더는 권하지 않고 남은 소주를 마저 마셨다. 김밥을 남김없이 먹어 치우고 라면 국물까지 탈탈 털어서 마셨다. 나는 총무의 행동이 안쓰러웠다. 늘 허기지고 불만스러운 현실을 탓하면서 벗어나지 못하는 그가 답답하기도 했다. 한번 내딛은 발을 빼기는 그렇게 힘들고 어려운 일이다. 자신 앞에 놓인 인생의 지도를 바꾸는 것도 용기가 필요한 것이다. 내가 고시원에서 배운 것이다. 그렇지만 나는 엄마의 강에서 헤엄쳐 나오려고 애쓰고 있다. 내가 사람이라면 꼭 그렇게 해야 한다.

"너는 정규직으로 꼭 취직해라."

총무가 먼 산을 보면서 중얼거렸다. 요즘은 시험 준비보다 취직에 더 열을 올리는 것은 알지만 내게 그런 말을 하는 것은 무리다. 나는 아직 고등학교 1학년이다.

며칠 전에 총무의 누나가 다녀갔다. 내 방으로 들어가는데 총무실에서 소리가 크게 새어나왔다.

"아버지도 이제 힘드셔. 정 그러면 집으로 내려와서 버섯 재배해. 종철이도 제 아버지 도와서 젊은 영농인으로 자리 잡아 가고 있어. 벌써 몇 년째야? 안 되는 건 안 되는 거야. 도대체 이 쪽방에서 지겹지도 않니?"

"올해만, 올해는 꼭 될 거야."

총무의 목소리가 절박하게 들렸다. 그 목소리에 누나의 흐느끼는 소리도 섞였다. 정적이 흐르는 총무실을 지날 때, 발꿈치를 들고 걸었던 기억이 있다. 나라면 총무의 누나 말을 들었을 것이다. '안 되는 건 안 되는 것'이라는 말이 내게 하는 말 같았다. 그렇지만 버섯 재배하러 갈 곳과 아버지가 있는 총무가 오히려 나보다 안정적으로 보인다. 가족이 있으면 어떤 어려움도 이겨 낼 수 있을 거라는 생각이 든다.

소주를 마신 총무는 볼일 다 봤다는 듯이 자리에서 일어났다. 나도 총무 뒤를 따랐다. 총무가 하고 싶은 대로 하다가 끝나는 일이 대부분이다.

편의점에 도착하니 가까스로 정각이었다. 편의점까지 따라온 총무는 내가 교대하는 것까지 기다리는 눈치다. 눈알을 불안하게 굴리면서 알바생과 내가 계산 맞추는 것을 보고 있었다. 술을 마셨다지만 총무는 아직 입가심도 안 했다. 냉장고 앞에서 물건을 고르는 척하면서 나를 흘끔거리는 총무의 눈이 충혈되었다. 총무에게 지금 필요한 건 소주뿐이다. 법전이 마지막으로 총무에게 선물로 남긴 것은 알코올이다. 총무에게 몇 박스의 소주가 더 필요할지는 아무도 모른다. 그것은 총무가 정해야 할 일이다.

편의점에서 일을 하면서 알게 된 것은, 총무가 사 가는 소주의 양이 어마어마하다는 것이다. 내가 술을 마시지 못한다 해도 그만큼을 총무 혼자 마신다는 것은 무서운 일이라는 것쯤은 안다. 총무의 고시 공부뿐만 아니라 정규직으로의 편입도 주류 회사가 막고 있다.

현금을 확인하고 알바생과 교대를 하자 총무는 소주와 과자를 흔들었다. 계산을 맞춰야 하기 때문에 내 돈으로 먼저 입금을 해야 한다.

"있다가 돈 줄게."

어색하게 웃으며 말하는 총무 얼굴이 비굴해 보인다. 한 손에 술을 들고 어깨를 웅크리고 돌아가는 총무가 작아지면서 없어졌다.

두꺼운 법률 서적이 베개나 술상으로 용도가 바뀌면서 총무는 정규직과 비정규직에 관심을 가졌다. 내게까지 정규직으로 취직하라는 말을 하는 것은, 취직마저 힘겹다는 뜻이다. 하지만 나는 그 말에 관심이 가지 않았다. 그저 총무가 고단한 꿈에서 벗어나기만 바랐다. 누나 말대로 아버지가 있는 집으로 돌아가 버섯 재배하는 것이 훌륭한 선택이라는 생각이 든다. 한 걸음 떨어져서 보면 전체 그림이 들어온다.

엄마도 지금 다니는 한의원에 들어가 조무사로 일을 시작했다. 한의원의 온갖 허드렛일을 맡아서 했다. 약 다리는 일, 한약재 분리하는 일, 노인들 부축해서 치료실에 눕히고, 찜질해 주는 일을 한다. 성실한 태도가 원장의 눈에 들어 엄마의 직장은 변하지 않았다. 엄마가 한의원에서 그렇게 성실하게 일한다는 것이 신기했다.

내게 공치사만 하지 않았다면 나는 엄마가 하는 일을 몰랐을 것이다. 하지만 한의원이 야간 진료가 있다는 말은 들은 적이 없다. 엄마는 대체로 집에 들어오는 시간이 늦었다. 늦을 때마다 불퉁거리는 내게 정색을 하고 말했다.

"침 맞을 때, 서비스로 찜질도 해 주고 마사지도 해 주면서 손님을 얼마나 끄는 줄 아니? 주는 게 있으니 원장도 나한테 잘 하는 거라고."

늦은 날일수록 엄마의 공치사도 더했다. 내가 라면으로 저녁을 때운 것에 대한 미안함인지 엄마가 저녁을 준비하지 않은 자책인지는 구분이 가지 않았다. 그렇지만 엄마가 저녁을 먹으려는 생각이 없다는 것은 알았다. 세수를 하고 바로 이불 속으로 들어가는 엄마의 얼굴에 허기는 없었다.

대체로 나는 최소한의 환경에서 살았다. 그것마저 위험할 때의 기분을 총무는 이제야 실감을 하는 중이었다. 총무의 말을 빌리면, 나는 원천적인 비정규직이다. 중세의 신분제도가 내게는 진행 중이다.

자기 길을 정한 사람들에게서 힘을 본다. 별에 빠진 태연이가 자신을 무시한다는 엄마를 견디는 것도 천문학자의 꿈을 키우고 있기에 가능하다. 승준이의 무한 재능 춤 실력도 교실에서 승준이가 버틸 수 있는 힘을 준다. 총무의 꺼져 가는 자존심도 지금까지는 법관에 대한 미련이 버팀목이 되어 주었다. 버팀목이 빠져나가는 마음을 총무는 이제야 느끼고 있다.

한 남자가 담배와 소주를 사 간다. 휴일 오후에는 술과 오징어가 많이 나간다. 낮에는 그럭저럭 혼자 견디다 밤이 되면 슬금슬금 나오는 사람들이 많아진다. 그들의 표정 없는 얼굴에도 감춰진 꿈이 있을지 의심이 간다. 세상과 소통하면서 자신을 고립시키는 엠피스나 스마트폰을 제 몸처럼 여기면서 들고 다니는 사람들을 유리창을 통해 바라본다. 엄마와 나의 관계 같다.

앞으로 무엇으로 살아가게 될지 막막해진다. 승리로 올 때 예견된 일이었다. 애써 거부하고 돌아보지 않았다. 이제 막 중간고사를 앞둔, 고등학교 1학년이 어디까지 인생을 설계해야 하는지 답답하다.

집으로 달려가, 그 남자의 멱살을 잡고 흠씬 두드려 패는 것도 설계도에 넣고 싶다. 엄마의 표정을 보고 싶다.

손님이 하나둘 끊임없이 들어오기 시작했다.

교과서를 한두 권씩 승리로 가져왔다. 시험 기간이라 승리에서 혼자 시간을 보내자니 죽을 맛이었다. 무엇인가 하지 않으면 불안해서 방바닥에 앉아 있을 수 없었다. 국어책을 가지고 와서 한 단원씩 읽었다. 글만 읽어 내려갈 뿐 의미는 머릿속으로 들어오지 않았다. 그래도 자꾸 읽었다. 그러다 편의점 갈 시간이 되면 어슬렁거리고 나왔다.

"공부하냐?"

"예."

"모르는 거 있으면 가져와."

"예."

총무는 내게 친절했다. 총무와 나는 어느새 파트너가 되었다. 그동안 면접용으로 사 둔 총무의 춘추용 양복이 옷장 속으로 들어갔다. 동복을 한 벌 더 준비하려는 총무에게 측은한 마음도 든다. 총무의 눈은 자주 충혈되었고 코끝에는 붉은 기운이 돌았다. 얼굴에 생기는 전혀 없었다. 총무의 얼굴에서 미래의 내 모습을 본다.

오늘도 그랬다. 국어 시험을 본 날이다. 그런데 조금 전에 또 국어책을 읽는 한심한 짓을 했다. 시험이 끝나고 승준이는 "내가 시험 범위를 아무래도 잘못 알았던 것 같아." 하면서 너스레를 떨면서 히죽거렸다. 나는 시험 범위가 아니라 시험 과목에도 개념이 없었다.

상담 선생한테서 전화가 왔다.

"내일 열한 시까지 갈게."

"어디로요?"

"고시원."

간단명료하게 대답하면서 상담 선생은 고시원 위치를 물었다. 나는 버스와 지하철 노선까지 친절하게 알려 주었다. 시험 기간에다 노는 토요일까지 겹쳤는데 상담 선생이라도 온다니 다행이다.

편의점에서 물건을 정리하는데 사장이 왔다. 가끔씩 예고 없이 방문을 하곤 한다. 처음에 왔을 때 있던 여자는 사장 사모님이었다. 알바 시간이 빌 때마다 응급 처방으로 투여되곤 한다. 둘 다 대체로 피곤에 지친 모습이다. 하긴, 이런 편의점을 두 곳이나 운영하니 힘들 만도 하다. 얼핏 듣기에 다른 데 있는 편의점 알바생들이 속을 썩이는 모양이었다. 상품권과 돈을 훔치고, 버스비도 수시로 충전해 가서 손실이 많다고 한다. 몰래카메라를 들이대고 증거를 잡아서 그만둔 알바생도 두 명이란다. 하지만 교묘하게 계산대 밑으로 돈을 떨어뜨리고 청소하는 척하면서 줍는다든가, 친구들과 짜고 손님으로 온 아이에게 물건을 주는 행위는 눈 뜨고 당하는 수밖에 도리가 없다고 한다. 사장은 새는 것을 막기 위해 물품 검수를 철저히 하지만 그래도 미심쩍어하는 마음을 늘 갖고 있다. 사장의 눈에는 모두가 경계의 대상이었다.

"영락이, 월급은 통장에 넣어 줄 건데 통장 번호 적어 줘."

"통장이요?"

"통장 없니?"

"월요일 날, 만들게요."

내 이름으로 된 통장을 만드는 일은 처음이다. 처음으로 하게 되는 일이 앞으로도 많아질 느낌이다.

노크 소리.

나는 문을 열고 상담 선생을 맞이했다.

"방이 굉장히 좁구나! 영락이 덕분에 고시원 구경도 하고."

말 많은 상담 선생이 들어오면서부터 수다다. 나는 벽에 기댄 채 상담 선생을 물끄러미 쳐다보았다. 가방에서 도시락 통을 꺼낸다. 김밥이다.

"아침에 부지런 떨면서 한 거야. 같이 먹자."

상담 선생은 먹는 것을 중요시 여기는 모양이다. 엄마와 살면서 음식에 집착을 보인 것에 비해 고시원에 오면서 굶는 것이 다반사였다. 그래도 아무렇지 않았다. 그때는 배고프다는 투정을 왜 그렇게 부렸는지 이해가 안 된다.

"음식은 사람을 참 치사하게 만들어. 배고플 때, 음식 권하는 사람한테 마구 애정이 생기잖아?"

"전 안 그런데요."

"그럼, 할 수 없고."

그러면서 상담 선생은 나무젓가락을 벗기더니 내게 먼저 준다. 집에서 싼 김밥은 초등학교 졸업하고 처음 먹는다. 엄마는 중학교 때부터 소풍이나 사생 대회를 나갈 때도 김밥을 싸 주지 않았다. 단돈 천 원으로도 사 먹을 수 있는 김밥을 애써 만들고 싶지 않다고 했다. 나는 햄버거나 일회용 도시락을 먹으면서 질리도록 푸른 하늘을 올려다보았다. 넓고도 깊은 하늘 밑에서 나는 작게 서 있었다. 자꾸만 내 몸에서 털이 날리기 시작한다는 느낌이 들었다.

"시험은 잘 봤니?"

"뭐, 그럭저럭."

"못 봤네. 공부 안 하지?"

"예."

"할 필요도 없고?"

나는 상담 선생 얼굴을 바라보았다.

"그렇잖아? 공부보다 엄마가 좋았다, 싫었다 하는 게 더 환장하지 않겠니? 차라리 확 미웠다면 가출이라도 할 텐데."

상담 선생은 나를 잘못 짚고 있다.

"엄마한테 아무 마음 없어요."

"그럴 수 있나?"

먹던 김밥을 내려놓았다. 내가 살던 집에는 햇볕이 들지 않았다. 늘 형광등 불빛으로 집 안을 밝혔다. 집에서는 저녁 무렵에나 창문 틈으로 가늘게 들어오는 노을이 형광등 불빛을 잠식했다. 아주 잠깐 주홍빛 노을을 망연히 쳐다보았다. 고시원이 아직도 낯선 것은 햇빛 때문이기도 했다. 늘 내 주위를 맴도는 햇살에 나는 눈을 찔리기도 심장이 타기도 했다.

"엄마도 그저 보통 사람처럼 행복을 추구하며 살아가는 사람이라고 생각해 봐."

"그러면 되겠네요."

"그렇지, 엄마도 여자로서 살고 싶은 마음이 있을 거야."

내 눈을 보면서 상담 선생이 웃으며 말했다. 내 신상에 대한 기록을 이 여자가 가지고 있다. 불쾌하다.

"여자의 속성이 뭔지 아니?"

"자유."

엄마는 하고 싶은 것은 다 했다. 나는 상담 선생의 질문에 대수롭지 않게 답했다.

"그런가? 선생님이 말하는 여자의 속성은, 늘 자신 속에 있는 모성을 잃지 않는 것이야. 아이를 낳았든 아니든 그런 마음을 가지고 있어."

"그럼, 우리 엄마에게도 모성이 있다는 말이에요?"

어이가 없었다. 더욱이 나는 상담 선생이 하는 말마다 대답을 하고 있었다.

"그건 선생님이 네 어머니를 만나지 못해서 모르겠지만 미성년자를 고시원으로 보낼 정도면 상당히 자유를 추구하는 사람일 수 있겠다. 그런데 네 어머니가 너를 고시원으로 보낸 것도 너를 보호하기 위한 방편일 수 있다는 생각은 안 해 봤니?"

"보호!"

같은 상황을 가지고 이렇게 다른 해석을 내릴 수 있다는 것이 새롭다. 내 주변에만 특이한 사람들이 모이는 것일 수 있다.

"너에 대한 사랑은 변함없다는 생각이 들어. 저번 주 토요일 날 집에서 선생님 만나는 것을 불편하게 생각하지는 않았잖아? 그런 행동이 엄마에 대한 기본적인 믿음 아닐까?"

상담 선생이 뒷얘기를 모르고 하는 말이다. 엄마는 내가 열쇠를 가지고 있는 것에 대해 불편한 마음을 가졌다. 드러내지 않았지만 나는 상당히 불안했다. 불안과 불편은 엄연히 다르다.

"먹을 것 안 가져온다고 했잖아요?"

"그랬나?"

슬쩍 웃으며 상담 선생이 김밥을 입에 넣었다. 발끈하며 말했던 것이 무안해진다.

"영락이의 엄마 사랑도 대단한데?"

"뭐가요?"

"그렇잖아? 고시원에 보낸 엄마 집을 방문한다는 것은, 엄마와 아들의 사랑이 변함없다는 거잖아."

"할 수 없어서 집에 간 거라고요, 선생님 때문에."

상담 선생은 정말 자신이 무엇을 해야 하는지 알고 있는 것일까?

7

중간고사가 끝났다. 긴장이 풀린 아이들이 무리 지어 잡담을 하거나 내기 게임을 했다. 몇천 원을 아무렇지 않게 잃거나 따면서 아이들은 눈 하나 깜빡이지 않았다. 아이들은 자신이 가진 기질대로 모였다. 잡담, 카드 게임, 엎드려 자기, 문제집 풀기, 만화책 보기 등 각자의 시간을 보내다 수업을 받았다. 모두가 부지런히 무엇인가를 위해 움직였다. 나만 그저 멍하니 앉아 있었다.

태연이는 망원경 렌즈에 관심을 갖기 시작했다. 망원경이 있어야 천문학이 발달할 수 있다고 한다. 더 멀리 더 높이 보려면 망원경의 도움이 필수라며 천문학에 열의를 보였다. 이 땅에는 희망이 없다고, 먼 우주와 별에서 희망을 찾아야 한다는 태연이의 집착은 시험이 끝나자 더 심해졌다. 태연이가 갖는 우주에 대한 관심은 우울한 현실을 이겨 내는 힘이었다. 하지만 지나친 우주에 대한 집착이 그를 비현실적인 느낌이 들게 하는 것은 문제였다. 아이들은 태연이라는 이름을 잊고 한라봉이라고 불렀다. 울퉁불퉁한 우주의 암석에 코 박고 죽으라는 뜻이다. 태연이는 그 말에도 태연했다. 지금 생각해 보면 태연이는 모든 비난에 익숙해져 있었고 무관심이 그의 대처법이었다. 그가 엄마에게 얻어 낸 소극적이지만 가장 힘 있는 대처법이기도 했다. 그나마 태연이는 대처법이 있었기에 상담받는 역할에서 벗어날 수 있었다.

태연이가 토요일 날 별자리를 찾아 천문대에 같이 가자고 한다. 상담 선생을 만나는 날이어서 늦게 출발하는 것으로 약속을 정했다. 어차피 별도 밤이 되어야 얼굴을 내밀 것이다. 태연이는 다시 망원경에 대한 책을 읽었다. 나는 책상에 엎드렸다. 천문대에 가서 나는 무엇을 볼 것인가, 나는 천문학자가 되고 싶은 적이 없었다. 혹시 M을 만날 수도 있다. M도 저 먼 우주에서 날아온 환영이다. 요즘 엄마에 대한 간절했던 마음이 원망과 미움으로 바뀌면서 M은 머리카락도 보이지 않았다.

웅성거리는 소리가 교탁 앞에서 들린다. 나는 고개를 들었다. 담임 손에 아이들 몇 명이 끌려오고 있었다. 교탁 앞에서 담임은 말없이 우리를 쳐다보았다. 승준이와 수훈이를 포함한 몇 명의 아이들이 칠판 앞에서 고개를 숙인 채 옹색한 모습으로 담임을 힐끔거렸다.

"다시 얘들이 흡연으로 걸렸다. 부모에게는 문자로 통보를 할 것이고, 걸린 놈들은 금연 교육과 교내 봉사를 할 것이다. 두 번째라 가중처벌이 된다. 늘 하던 말대로 함께 사는 사회다. 덥지만 너희들도 내일부터 다시 운동장을 돌아야 한다."

아이들이 웅성거렸다. 걸린 애들만 운동장을 돌게 하라고, 비흡연자에게는 예우를 갖춰야 한다고 목소리를 높였다. 담임은 귓등으로도 듣지 않았다.

"교장 선생님이 이렇게 많은 애들이 걸린 걸 아시고, 우황청심환을 두 알이나 드셨다. 금연 교육에도 불구하고 이러니 새로운 방법을 모색하겠다고 하셨다."

이번에는 아이들이 담임 말을 귓등으로도 듣지 않았다. '은밀한 장소'를 바꿔야 하지 않나 하는 말만 오갔다. 나는 그들을 이해할 수 없었다. 그들은 학교에서는 흡연을 하지 말아야 했다. 운동장을 돌던 일이 불과 한 달도 되지 않았다. 교장 선생님은 우황청심환을 먹을 것이 아니라 새로운 방법을 먼저 찾아야 한다.

나는 그들처럼 행동할 수 없다. 담임과 상담 선생 그리고 엄마의 말을 그대로 따르는 내 심성에는 맞지 않는다. 흡연으로 걸린 그들을 보며, 내가 마치 잘 길들여진 강아지라는 생각이 들었다.

"또, 뛰어?"

뒤늦게 태연이가 교복 단추를 풀면서 말했다. 날씨는 점점 무더워지는 중이었다. 주변의 아이들이 더욱 거세게 항의하기를 바라며 나는 담임을 쳐다보고 있었다. 담임은 교탁 앞에 서 있는 아이들에게 한 달간의 교실 청소를 지시했다. 그 말에 아이들의 기색이 누그러졌다.

"이영락, 너는 선생님 따라와."

마지막으로 담임은 나를 지목하고 교실을 나갔다. 괜히 나는 더 큰 잘못을 저지른 느낌에 휩싸였다. 이 순간에 나를 부르는 담임이 몹시 비인간적으로 여겨진다. 그리고 담임이 부르면 꼭 어떤 문제가 벌어 질 것 같은 예감이 든다.

교무실에서 선생들이 흡연으로 걸린 아이들에 대해 열을 올리며 말을 하고 있었다. 건물 전체가 비흡연 구역인데 아이들의 질서 의식 이 너무 없다는 등의 말이 오가고 있었다. 교육부에서 전면적으로 금 지한 체벌을 대체할 새로운 방법이 모색되어야 한다는 말에는 언성 마저 높였다. 체벌 금지 때문에 교권이 추락하는 것도 인간성 결핍이 가져온 사회의 책임이라는 말도 들린다.

담임 책상 앞에 다가섰다. 담임이 접는 의자를 펴서 내게 주었다. 담임이 의자를 내줄 때는 말이 길어진다는 증거다.

"상담 선생님과 면담 잘하고 있니?"

"예."

"중간시험도 있고 해서 일부러 부르지 않았어. 선생님이 누누이 말하지만 함께 사는 사회다. 요즘은 병원에서도 죽을병에 걸리면 환 자에게 즉각 통보한다고 하더라. 영락이 너는 마음에 타박상이 있는 정도니까, 곧 좋아질 거야. 사실, 현대인 모두가 정신적인 타박상을 앓으면서 살아가고 있지. 그래서 청소년기인 영락이 네게는 누군가의 도움이 있으면 좋겠지. 선생님이 물파스를 처방했다고 생각하고 열심히 발라라."

"예."

담임에게는 질문을 하지 않는 것이 유리하다. 그렇지만 타박상이 언제 왜 걸렸는지 오진은 아닌가 하고 묻고 싶은 말은 참았다.

"타박상도 그냥 두면 염증으로 발전하지. 영락이는 다른 아이들처럼 흡연을 안 해서 다행이다. 선생님은 영락이를 믿는다."

흡연을 하지 않을 것을 믿는다는 것인지, 물파스를 잘 바를 것을 믿는다는 것인지 담임은 애매하게 말했다. 담임의 확실치 않은 화법이 마음에 안 든다. 정확히 내게 어떤 문제가 있다고 말로 꼬집어서 해 주면 좋겠다. 내게 나도 모르는 문제가 있어서 엄마마저 나를 버린 것이라는 생각이 들었다. 내 눈에 보이지 않는 털이, 내 몸에서 날리고 있는지도 모른다.

"상담 선생님이 제 문제가 나아졌다고 하세요?"

담임의 불확실한 말이라도 듣고 싶었다.

"아직 상담 선생과 통화는 하지 않았어. 아마 육 개월이 지나면 교육 마쳤다는 통보와 함께 그 부분에 대한 말도 있겠지. 지금은 선생님도 잘 몰라. 하지만 이런 시기에 네가 학교 생활을 잘하는 것 같아 칭찬해 주려고 부른 거야."

나도 모르는 문제가 6개월 뒤에 어떠한 답이 나오면, 누가 맞았다는 채점을 할지 알 수 없다. 아무 생각 없이 담임 얼굴을 바라보았다.

또한 이런 시기는 어떤 시기인가? 담임이 나가 보라는 눈짓을 한다. 나는 담임에게 인사를 꾸벅하고 교무실을 나왔다.

선생들이 급식 메뉴가 형편없다는 것으로 화제를 옮기고 있었다. 일회성으로 소모되는 말로 선생들도 무료한 시간을 메우고 있었다.

교실에 들어오니, 태연이가 손을 턱에 괴고 멍한 얼굴을 하고 있다. 의자를 빼는 소리에 나를 힐끗 쳐다본다.

"고시원에서 살 만하니?"

"그렇지 뭐."

교무실에 왜 갔느냐는 말도 없이 뜬금없는 물음이다. 물을 수 없는 물음을 한 태연이에게 나는 대답할 말을 잃었다.

"네 옆방에서 나도 살까?"

"방 터져 나가겠다!"

웃으며 하는 내 말에 태연이가 피식거리더니 다시 눈만 끔벅였다.

"별을 관찰할 때, 망원경은 그 별과 소통하기 위한 안테나 같은 거야. 내 안테나는 불능 상태야."

태연이가 제 엄마와 교신이 안 된다는 말로 들렸다. 불능의 상태, 아무것도 할 수 없이 무력해지고 난감한 상황을 말하는 것인가? 교신을 하기 위해서는 서로의 암호를 해독해야 한다. 태연이네 모자는 각자의 암호만 바꾸기를 원한다. 그러기에 여전히 교신 불능. 엄마와 내 관계와 비슷하다. 태연이 엄마는 그녀만의 언어로 태연이를 보호하고 있다. 그렇지만 태연이가 버림받은 것은 아니다.

엄마는 정말 오지도 않았고, 전화 한 통 없었다. 고시원으로 한 달 치의 방값이 꼬박꼬박 입금되었다. 엄마가 살아 있다는 것을 확인하는 것은 그것뿐이었다. 엄마는 교신 자체를 원하지 않았다.

"오늘 갈래?"

태연이에게 은근히 성급한 구석이 있다.

"어디를?"

나는 모르는 척 뜸을 들였다.

"천문대."

"교복 입고 어디를 가? 불편하게."

나는 내가 모든 것을 해결해야 한다. 내가 무단결석을 하면 학교에서마저 나를 나가라고 할 것 같다. 태연이의 무단결석에는 장치가 있었다. 태연이는 그의 엄마가 담임에게 미리 적당한 말로 둘러대서 이유 있는 결석으로 만들곤 했다.

"저녁에 승리로 와."

함께 가자고 약속했었다. 태연이의 상태가 안 좋아 보여 나는 일단 승리로 오게 했다. 편의점에도 미리 양해를 구해야 하는 일이다. 내 코가 석 자라는 것을 알 만한 깜냥도 되지 못하는 태연이가 안타까웠다. 요즘은 총무도 밤마다 내 방을 수시로 들락거렸다. 열 시에 편의점 일을 마치고 오면 총무가 정체불명의 약봉지를 들고 와 한 시간쯤 떠들다 나가곤 했다. 덕분에 나는 정체를 알 수 없는 보약을 매일 밤마다 마셨다. 약의 효능은 이상하게 나타났다. 밤마다 나는 칼을 들고 집으로 가서, 그 남자의 가슴을 푹푹 찌르곤 했다. 엄마는 깔깔거리며 손뼉을 치고 있었고. 정말 담임의 말대로 물파스라도 바르면서 치료를 해야 하는 일인지 모른다. 밤마다 꾸는 내 꿈을.

오늘은 나 대신 태연이를 위로하고 싶다.

수업을 마치자 태연이는 내가 편의점에 있는 동안 학원을 갔다 온다고 했다. 어떠한 좌절 속에도 일상을 이어 가는 습성이 인류의 생존 요인인 것을 알겠다. 죽을 것 같았던 나도 어느 정도의 밥을 먹고 잠을 자면서 지구의 한 끄트머리를 차지하고 있다.

고시원에 가방을 던져두고 식권을 들고 오랜만에 식당에 갔다. 편의점에서 유통기간 지난 김밥이나 샌드위치로 저녁을 대신한 적이 많았다. 한두 시간이나 며칠의 유통기간을 넘긴 음식들은 내 입으로 들어왔고 나머지는 밤에 교대하는 형 차지다. 내 입으로 들어오는 음식으로 내 인생이 결정된 느낌이다. 이제 내 인생도 유통기간이 지나고 있다는 생각이 든다.

따뜻한 국과 김이 모락모락 나는 밥이 먹고 싶다. 정말 동시에 떠오른 따끈한 국이 나를 밥집으로 발을 옮기게 했다. 식당 음식은 편의점보다 나았다. 승리에서 나는 미각을 잃었다. 무엇을 먹든 목에서 느끼는 음식 맛은 같았다. 배만 고프지 않다면 아무것도 먹지 않고 살 수 있을 것 같았다.

식권을 한 장 주고 식탁에 앉았다. 이곳의 분위기는 언제나 같았다. 장수 고시생들은 언제나 소주를 한두 병씩 앞에다 두고 밥을 먹는다. 그리고 그들의 입에서 나오는 말은 여전히 비슷했다.

반찬 국물에 절은 앞치마를 입은 아줌마가 음식을 가져왔다. 적당히 불결한 식당의 분위기가 갈수록 식욕을 감퇴시킨다. 무성의하게 아줌마가 내 앞으로 툭툭 던지듯 반찬 접시를 내려놓았다.

"대학생은 아닌 것 같은데?"

빈 쟁반을 옆구리에 끼고 아줌마가 물었다. 나는 고개만 끄덕이고 수저를 들었다. 아줌마가 잠깐 나를 보다 간다. 새로 들어온 아줌마가 스치는 호기심으로 묻는 말이다. 주방으로 들어가면서 내게 물었던 말도 잊을 것이다. 엄마도 내 탯줄을 끊는 순간, 나를 낳았다는 것을 잊었을지도 모른다. 편리할 때마다 나를 잊고, 엄마라는 것도 잊고 김선희만 기억한다. 그런 김선희를 이번에는 내가 잊어야 한다.

그것보다 밤마다 집으로 달려가는 꿈을 꾸지 않았으면 한다. 사실, 그것이 꿈인지 눈을 뜬 채 하는 생각인지는 나 자신도 모른다.

나는 머리를 세차게 흔들고 밥을 먹기 시작했다.

편의점 일이 바쁘지는 않았지만 꾸준히 손님이 들어왔고, 의자에 앉지 말라는 규칙 때문에 대부분 서서 일하느라 다리가 아팠다. 카운터 천장에는 무인 카메라가 계속 돌았다. 저 카메라는 내 정직을 증명해 주는 막대한 임무를 수행한다. 무인 카메라의 무사한 감시 덕분에 나는 한 달에 대략 50만 원 정도를 받을 수 있었다. 여름방학이 시작될 무렵이면 노트북은 너끈히 살 수 있다.

생존 본능이라고 할까, 방학이 다가오자 두렵기 시작했다. 시간을 다스릴 방법을 찾아야 했다. 옹색하게나마 생각한 것이 노트북이었다. 그렇지만 노트북이 나를 위해 무엇인가를 해 주리라는 기대는 없었다.

편의점에서 일을 해도 넘쳐서 흘러가는 시간이 많았다. 총무는 취업 준비도 완전히 포기했다. 공부를 할 때는 희망이 있어 시간을 쪼개고 나누어도 부족한 느낌으로 매일 조급했다고 한다. 고향으로 가는 것도 난감하고 취업도 어려워진 총무가 하는 일은, 편의점 매출 올려 주는 일이었다. 이상하게 총무의 그런 행동이 자연스러웠다. 고시원에서 유일한 말벗인 총무를 이해한다는 말이 맞을 것이다.

핸드폰이 울린다.

승리 앞에서 어물쩡거리는 태연이를 데려오는 데는 3분도 안 걸렸다. 교복을 입은 채다. 시험이 끝날 때마다 태연이는 지독한 몸살을 앓는다. 모의고사 성적이 나올 때는 혼자서 땀을 삐질삐질 흘리기까지 한다. 그저 나는 입만 벌리고 쳐다볼 뿐, 다른 할 말이 없었다. 시험 성적이 나를 어떻게 해 줄 것이라는 생각도 한 적이 없었다. 그러니 혼자 몸살을 앓는 태연이가 낯설기만 했다.

"배고프다! 뭐 좀 먹자."

불안할 때마다 태연이는 먹을 것에 집착했다.

"어디서 오는 거야?"

"학원."

"……."

유통기간을 몇 분 앞둔 삼각 김밥을 태연이에게 주었다. 세 개를 허겁지겁 먹더니 냉장고에서 커피 우유를 꺼냈다. 나는 바코드에서 우유값을 확인하고 돈을 받았다. 거스름돈을 주면서 태연이를 쳐다봤다. 우유 팩을 따 한 번에 벌컥거리고 마신다. 가출을 결심한 모양이긴 한데.

"열 시까지는 있어야 하는데?"

"기다리지 뭐."

"천문대는 담에 가야겠지?"

"솔직히 갈 생각도 하지 않았잖아?"

태연이가 불퉁스럽게 말했다. 다른 때였으면 혼자라도 갔을 것이다. 무엇이 태연이의 현실을 견디게 할까? 태연이가 가방에서 책을 꺼내 의자에 앉는다. 신화에 대한 책이다. 독서는 다양하게 한다.

"책 읽고 있을게."

책 읽는 태연이가 몹시 평온하게 보인다.

공부하라는 말도 듣고 싶다. 총무 말대로 내 인생도 비정규직으로 내몰리는 중이다. 상담 선생도 내 성적이나 공부에 대한 말은 거의 하지 않았다. 그저 일상생활만 궁금하게 여길 뿐이다. 시험공부는 하지 않아도 시험 때마다 스트레스를 받았다. 억울하다. 공부를 하지 않는다고 시험에 대한 긴장감도 없다고 생각하는 사람들에게 화가 치민다. 공부 안 한다고 해서 빈둥거리지 않았다.

저녁마다 엄마가 들어오지 않을까 봐 불안했고, 밥 달라고, 교복 셔츠 빨아 달라고 조르는 일도 힘들었다. 그것마저 안 하면 엄마가 나를 잊을 것 같았다. 나는 매일 엄마에게 내 존재를 알려야 했다. 하지만 엄마는 비상구 끄트머리에서 나를 분리수거해 버렸다.

나이 든 남자가 들고 온 면도기와 건전지를 계산해 주고 태연이를 쳐다보았다. 여전히 책을 읽는다. 유통기간이 지난 음식을 먹지 않기로 결심해야 하는 나와는 엄연한 차이가 있다. 나는 왜 엄마 곁을 포기하지 못하는 것일까, 엄마가 정말 사람 잡는다.

"천문학하고 신화가 무슨 상관이 있어?"

"별자리마다 이야기가 있다는 것이 신기해서 재미로 보는 거야."

"그야말로 전설 아니야?"

"별자리를 찾아내는 것은 끊임없는 관찰과 관심이야. 관찰해서 찾은 별자리마다 이야기를 붙인 것은, 그 별에도 생명체가 있다고 여겼던 거겠지. 그런 생각을 하면서 읽으면 별이 행성이 아니라 생명체라는 생각이 들어."

"천문학이 여러 가지로 너를 살리네!"

"그렇지."

아버지는 어느 별에서 나를 내려다보고 있을까, 혹시 천문학자가 되어 퍼석거리는 사막을 아직도 걷고 있는 것은 아닐까? 아버지가 찾은 행성은 과거를 기억하지 못하는 별일 수 있다. 아버지가 하는 여행은 끝이 없는 것일까?

"자고 갈 거야?"

"응."

"엄마한테 말했어?"

유치한 질문이지만, 태연이에게는 아니다.

"아니."

"전화 오면?"

"핸드폰 꺼 놨어."

간단하게 상황은 정리되었다. 태연이가 상처를 받은 것은 확실하다. 사실, 그렇게 할 수 있는 마음이 부럽다. 태연이의 꺼진 핸드폰도 부러웠다.

"피시방에 있을게."

태연이가 읽던 책을 덮고 가방에 넣으며 말했다. 가만히 보면 태연이는 자기가 하고 싶은 것은 다 한다. 껍질은 울퉁불퉁해도 한라봉 속에는 맛있는 과육이 있다. 태연이 엄마의 관심이 그렇다.

교대를 마치고 피시방으로 갔다. 어깨를 움질거리면서 게임에 몰두하고 있는 태연이가 보인다. 태연이의 등에는 우직하게 내 길은 내가 알아서 간다는 힘이 있어 보였다. 그 등에 내가 힘없이 손을 얹었다. 의외로 태연이가 하는 게임은 폭력적이었다. 중세의 전사들이 칼과 창으로 잔혹하게 사람을 죽였다. 적립된 방패가 많은 것을 보니 태연이는 이 게임의 고수다. 방패 두 개를 내주고 게임을 마무리했다. 태연이가 자리에서 일어났다.

승리에 오니 총무가 태연이를 힐끔거렸다.

"둘이 자기에 좁을 텐데."

태연이 덩치를 보고 총무가 이죽거리며 말했다. 그 말뜻을 알아들은 태연이 얼굴이 붉어졌다. 나는 총무 말이 못마땅했다. 둘이 있기에도 좁다는 방으로 총무가 따라 들어온다. 이제 총무는 틈만 있으면 내 일에 간섭하고 끼어들었다.

"너도 술 못 마시니?"

뜻밖의 말에 태연이 눈이 휘둥그레져서 나를 쳐다본다.

"영락이가 술을 못하더라고. 너도 마찬가지구나."

술을 못 마시는 사실이 부끄러운지 태연이 얼굴이 또 붉어진다. 술 마실 궁리만 하는 총무가 이제는 한심하다.

태연이와 내가 입을 꾹 다물고 있자, 총무가 태연이 얼굴을 보고 미련이 남은 눈빛으로 나갔다. 태연이도 총무가 나가자 안심이 되는 눈치다. 내 앞에서는 멀쩡하게 말을 잘하다가 다른 사람만 있으면 고개도 못 든다. 태연이의 가장 이상한 점이다. 낯선 사람한테 절대 먼저 말을 하지 않고 선뜻 누군가와 친해지려고 하지도 않는다. 늘 타인을 경계한다. 내가 고시원에 있는 것을 밝혔기에 태연이도 그나마 마음을 연 것이다.

샌드위치와 음료수를 꺼냈다. 총무가 머뭇거린 것이 이해가 갔다.

밤마다 유효기간이 지난 먹을거리를 들고 와 총무와 나눠 먹었다. 그때 총무는 소주를, 나는 음료수를 마셨다. 비닐봉지를 본 총무가 체면 따위는 생각할 겨를이 없었을 것이다.

"밥 먹고 싶다!"

샌드위치를 우적거리고 먹으면서 태연이가 말했다. 태연이 엄마가 우리 엄마가 아닌 것이 다행이다.

"참, 교복 입고 잘 수는 없잖아?"

"너한테 맞는 바지가 없을 텐데."

난감하게 내가 말하자 태연이가 눈을 끔벅이면서 생각하는 표정을 한다.

"그냥 집으로 가야겠다."

태연이 배를 한 대 쳐 주고 싶었다. 음료수를 마시면서 태연이가 교복 바지에서 돈을 꺼내 확인한다.

"택시 타고 갈 돈은 되겠다."

마지막 한 방울까지 음료수를 들이키더니 태연이가 일어났다. 나는 태연이를 잡지 않았다. 태연이의 천체는 집이라는 생각만 강렬하게 들었다.

방문 앞에서 태연이를 보냈다.

문소리를 들은 총무가 창문을 열고 쳐다본다.

"오자마자 가니?"

태연이가 고개를 숙이며 인사를 하고 고시원을 나갔다. 총무가 재

빠르게 내 방으로 온다. 오늘따라 총무가 유난히 붙는다.

"저 친구 왜 왔어?"

문이 닫히기 전에 얼른 들어온 총무가 말을 건다. 비정규직 총무의 어슬렁거림이 꼭 지겨운 것도 아니다. 나는 남은 샌드위치를 꺼내 총무에게 주었다.

"밤마다 먹는 습관은 너 때문에 생겼어."

비닐을 빠르게 벗기면서 총무가 클클거리는 음성으로 말했다.

"집에 가면 이런 간식은 먹지 못할 텐데."

"집으로 갈 거예요?"

한입 베어 물면서 하는 총무의 말에 나는 깜짝 놀라 되물었다. 총무가 씩 웃는다. 버섯을 재배하러 고향으로 가려고 마음을 정한 모양이다. 언젠가 갈 것이라는 생각은 했다. 갈 곳이 없는 사람은 나뿐이다. 엄마는 아직까지 전화 한 통 없다. 총무가 나간 뒤 창문 밖으로 어둠이 겹겹으로 흐른다.

운동장을 돌고 교실로 들어오니 태연이가 아직 안 왔다. 미수에 끝난 시시한 가출이 무단결석으로 이어지는 것은 아닌지 걱정이 되었다. 태연이에게 문자메시지를 보냈지만 연락이 없다.

아이들도 더워진 날씨 탓에 곱지 않은 눈으로 승준이를 쳐다보았다. 아침부터 교복을 땀으로 절게 하는 승준이에게 마냥 고운 눈빛을 보낼 수 없었다. 화장실에서 세수를 하고 온 승준이와 수훈이가 낮은 목소리로 대화를 하고 있다. 둘은 마치 화장실도 같이 다닌다는 여자애들 같다.

"재수 없어서 걸린 거야."

승준이를 향해 나직이 말하는 수훈이 목소리가 들린다. 서로를 격려하면서 따가운 눈초리를 견디고 있다. 담임의 '함께 사는 사회'가 빛을 내는 순간이다.

1교시 시작종이 울린다. 태연이는 오지 않을 모양이다.

나는 교실로 들어와 교과서를 꺼냈다. 스스로 주문을 외운다. 나는 학생이다. 공부에 뜻이 없어도 지금 내게 주어진 일은 학습이다. 고시원 방 천장이 내려앉고, 벽이 좁아져도 나는 그 안에서 매일 살아서 나온다. 매일 똑같이 지낼 수 없다. 공부의 신이라도 내게 강림하기를 바란다.

교과서 글씨들이 암호처럼 다가온다.

집중하고 싶은 일을 찾고 싶다. 다른 것이 없으면 공부라도 하면서 내 에너지를 쏟을 것이다. 위인의 꿈을 좇는 승준이의 춤도 내 몸에는 없다. 별을 찾아 헤매고 싶은 호기심도 없다.

2교시가 끝나고 태연이가 왔다. 얼굴이 해쓱해지고 눈이 십 리는 들어갔다. 아픈 흔적이 많다.

"무슨 일?"

"장염."

"별짓 다하네?"

"어제 김밥하고 샌드위치 막 먹었더니 그런가 봐."

"병원 갔다 오느라 늦은 거야?"

태연이가 고개를 끄덕이더니 바로 책상에 엎드렸다. 반나절 바뀐 환경 때문에 몸살을 앓는 태연이를 멍하게 쳐다봤다. 태연이는 엄마의 온실에 있다. 바깥바람은 태연이 엄마가 막아 주고 있다는 것을 태연이만 모르고 있다.

'너와 나는 다른 별에서 살고 있구나!'

담임이 될 수 있으면 방학 중 실시하는 보충수업에 빠지지 않을 것을 당부했다. 고3을 제외한 나머지 학년은 보충수업을 원하는 학생들만 했다. 하지만 학교에서는 거의 모든 학생이 보충수업에 참석하기를 바랐다. 나는 선택의 여지가 없었다. 편의점에서 일하는 시간을 늘린다 해도 하루 종일 고시원에 있을 수 없다. 그나마 말벗인 총무마저 고향으로 갔다. 승준이와 몇 명의 아이들은 학원 수강증을 증거로 들이밀고 혜택을 받았다. 방학 동안 승준이는 별을 따기 위한 맹훈련에 들어간다고 한다. 이 시대의 위인으로 탄생하기 위해서는 연습만이 살길이라고 했다.

위인은 서점에 있는 책에서만 존재하는 줄 알았다. 내 옆에 있는 사람이 위인이 되겠다는 말을 하는 것은 생각도 못했다. 매체에서 나오는 '스타'를 위인으로 의역하는 승준이의 생각도 나를 놀라게 했다. 승준이가 스타가 되는 것은 내게 중요하지 않았다. 그런 마음을 가질 수 있는 것이 경이로웠다.

꿈이 없어도 사는 데 지장이 없었다. 정말, 엄마가 나를 고시원으로 보낼 줄 몰랐다. 마음속 진심에서는 엄마를 한 번도 의심하지 않았다. 그래서 꿈이 그렇게 마음을 풍요롭게 한다는 것을 알 필요가 없었다. 아니다. 그때의 내 꿈은 엄마와 시간을 보내는 것이었다. 나도 꿈을 좇았던 것이다.

"우리 연습실에 놀러 와라."

담임이 조회를 마치고 나가자 승준이가 내 자리로 와서 말했다. 이런 제안을 들을 정도로 내가 승준이와 친한 사이는 아니다.

"태연이하고 운동장 끝까지 돌아 줘서 고마워."

내게 변명하듯 승준이가 말했다. 승준이는 달리기를 할 때마다 나와 태연이를 물끄러미 바라보다 교실로 가곤 했다. 태연이에게 미안한 마음이 있기는 한가 보다. 나는 그제야 고개를 끄덕였다. 남에게 고맙다는 말은 처음 들어 본다.

"너도 같이 와!"

태연이에게도 잊지 않고 오라는 다짐을 받았다. 땀으로 젖은 교복이 모두에게 안쓰러운 마음을 불러일으켰지만, 정작 모두의 불안을 뒤로하고 뛴 것은 태연이었다.

"금연해!"

태연이가 낮은 목소리로 말했다. 내 덕분에 태연이가 뛰었다는 말로 들었을 수 있다. 승준이가 얼핏 걸음을 멈추었지만 모르는 척하고 갔다. 뛰는 것이 힘들었던 태연이였다. 예전이라면 들은 척도 하지 않았을 태연이가 간다고 한 것도 그렇지만, 승준이한테 금연하라는 말에 신선함을 느꼈다. 태연이의 용트림으로 들렸다. 그동안 달라진 것은 없다. 여름방학이 시작된다는 것과 교복이 익숙해져서 이제 제법 사내다운 태가 나는 녀석들이 늘었다는 것 외에는.

승준이가 저지른 교칙 위반에 나는 상당한 혐오감을 느꼈다. 그의 목소리만 들어도 뒷목이 서늘해졌다. 언젠가 승준이를 단단히 혼내 주겠다는 생각을 하고 있었다. 예를 들면, 남의 물건을 승준이 책상 속에 넣어 둔다거나, 가방에 담배를 몰래 넣거나 개 사료를 시리얼이라고 주는 방법 등을 물색 중이었다. 그의 흡연과는 상관없이 두 번씩이나 남에게 피해를 주는 행위가 싫었다. 나로서는 생각할 수 없는 일이다. 좀 더 강력한 처벌을 받아야 한다.

그러다 연습실에 초대받은 일은 뜻밖이다. 하긴, 승준이가 내 마음을 알았다면 그런 말은 하지 않았을 것이다.

총무도 없는 고시원은 더욱 한산해진 느낌이다. 총무가 건네는 정체불명의 보약도 먹지를 못해서인지 자꾸 기운도 없다. 이러다 고시원에서 병들어 죽을 것 같다. 총무가 베개로 쓰라고 주고 간 법전들이 책상 위에 있다. 금박으로 인쇄된 법전을 펼치고 밤마다 한 장씩 읽는다. 읽으면서 총무가 버섯을 재배할까, 아니면 안주로 먹을까 하는 생각을 하다 잠들었다.

　노크 소리에 상담 선생이 왔다는 것을 알았다. 이불 속에서 나오지도 않았는데 아침나절이 지나고 있었다. 벌떡 일어나 이불을 한쪽으로 몰아 놓고 방문을 열었다.

　"청소도 안 하고, 영락이가 자꾸 게을러지네!"

　들어서자마자 상담 선생이 한소리 한다. 엄마의 잔소리를 듣는 것 같다.

　"죽으면 청소도 안 하고 좋을 텐데!"

　"청소하기 싫어서 죽는다고? 말 된다."

　"밥도 하기 싫은데요."

　내가 히죽거리며 말했다. 상담 선생은 이상한 버릇이 있다. 가끔 사람을 뚫어져라 쳐다볼 때가 있다. 지금도 그렇다. 기분이 이상해진다. 그냥 농담으로 한 말을 지나치지 않을 때가 많다.

　"인생, 따분하지?"

　내가 머쓱한 표정으로 상담 선생을 보는데 느닷없는 질문을 한다.

　"그렇지요, 뭐."

　"돈 모으지 않았어? 왜 노트북 안 사?"

　"꼭 필요한 것도 아니라서."

　"노트북으로도 게임 할 수 있니?"

　"그럼요. 핸드폰도 다운받으면 게임이 얼마나 많은데."

"게임, 재미있을 텐데."

"별로, 시시해요."

"공부도 시시하고, 먹는 것도 사는 것도 다 시시해서 어떡하니?"

"그게 문제가 되나요?"

"춤이나 연극 하고 싶은 생각 없니?"

"아유, 춤 못 춰요. 또 연극은 무슨 연극을?"

"교회 다니면 그런 것도 할 수 있는데."

"선생님은 교회 나가세요?"

"아니, 같이 가 볼까?"

"또 얽이기 싫은데요."

"섭섭하네."

상담 선생은 오랫동안 더 내 특기를 뒤졌다. 머리끝부터 발가락까지 뒤져도 내 특기는 먼지로도 나오지 않았다.

상담 선생과 대화를 하다 보니, 내가 관심을 갖고 있는 것이 아무것도 없다는 것에 놀라기보다 세상이 무의미하기만 했다. 처음에 상담 선생이 장난으로 시작한 말인 줄 알았다. 하지만 시간이 지날수록 상담 선생보다 내 실망이 더 컸다.

그렇다. 나는 별것도 아니었다. 부모에게도 아무렇지 않게 버려질 수 있는 하잘것없는 딸린 혹이었다.

상담 선생이 가고 나자 고시원 방이 한결 넓어진 기분이다. 구석에 뭉쳐진 이불을 끌어다 배게 삼아 누웠다. 총무가 몇 년을 헤매다 집으로 돌아가는 기분은 어땠을까? 술을 마시고, 면접용 옷을 벽에 걸어 두고, 비정규직 얘기를 떠들다 가 버린 총무가 이제는 안정을 찾았을 거라는 생각이 든다. 돌아오기를 기다리는 집이 있다는 여유를 누리면서.

승준이의 자신감도 이유 없이 싫었다. 흡연으로 모두를 힘들게 했으면서 특유의 활달한 성격으로 아이들 앞에서 현란하게 춤을 추는 것이 싫었다. 나와는 다르게 살아가는 아이들이 싫었다.

"정말, 짜증 난다!"

나도 모르게 혼잣말이 나왔다.

엄마한테 가서 따지고 싶었다. 핸드폰을 들었다. 그런데 손이 벌벌 떨리고 집 전화번호가 생각나지 않았다. 집 전화번호 대신 엄마 핸드폰 번호를 눌렀다. 돌발적인 행동이라는 것을 알지만 자제심은 바닥이 났다.

"잘 지내니?"

엄마 목소리가 반갑게 튀어나온다.

"응."

"어쩜 너는 그렇게 연락도 없니?"

"엄마도 마찬가지 아니야?"

"아니야. 넌, 정말 네 아빠를 너무 닮았다. 네 아빠도 떠나고 연락한 번 하지 않았잖아? 정말 계속 이런 식으로 할 거면 집으로 들어오는 수밖에 없다."

"무슨 말을 하는 거야?"

"싸가지 없단 말을 하는 거야."

"내가, 아빠가?"

"둘 다."

"왜?"

"마음대로 엄마 곁을 떠나려고 하니까."

"참, 말도 안 되는 소리 하고 있어!"

나는 엄마 말이 이해가 되지 않았다. 나는 고시원으로 오고 싶지 않았다. 보낸 사람은 엄마다. 이제 와서 다른 말을 하는 엄마에게 무슨 일이 생겼다. 혹시 그 남자와 헤어진 것은 아닐까, 나는 갑자기 기분이 좋아졌다.

"집에 무슨 일 있어?"

"있을 일이 뭐가 있겠니? 늘 네가 문제지."

"엄마가 원하는 대로 다 됐는데, 내가 무슨 문제야?"

"소리는 왜 지르니? 겨우 이제 아빠한테 벗어나서 엄마도 새로운 인생 좀 살아 보겠다는데, 아들이 그것도 이해 못해 주고 있잖아?"

"내가 뭘 이해를 해야 하는데?"

"그런가? 미안하다. 엄마가 괜히 헛소리를 했나 보다."

"끊어."

신경질을 내며 내가 먼저 전화를 끊었다. 엄마와 대화를 하면 늘 말이 꼬인다. 전화를 한 목적은 엄마가 보기에 내가 잘하는 것이 무엇인지 물어보려고 한 거였다. 때로는 엄마가 놀라울 정도로 나 자신에 대해 잘 알고 있다는 생각이 들 때가 많았다. 그냥 지나치기 일쑤인 생일날, 엄마가 사 온 후드 티셔츠는 내가 좋아하는 색깔이었다. 나는 진한 민트색을 좋아했다. 내가 말하지 않아도 가끔 엄마와 나는 그렇게 통했다.

그렇지만 내가 늘 문제라는 엄마의 말은 이상하다. 엄마가 나 때문에 고민한 적은 없었다. 최소한 엄마가 나를 위한 고민만 해 주었다면 내가 이러지는 않았을 것이라는 원망만 든다.

이제야 엄마가 아버지한테 벗어났다는 말도 거짓말 같다. 아버지가 집을 나간 후, 내 기억으로는 엄마가 아버지에 대한 말을 하지 않았다. 아버지의 물건도 모두 처분해 버리는 엄마에게 이유도 묻지 못했다. 아버지와 찍은 사진 한 장도 갖고 있지 않는 것도 엄마가 아버지와 관계된 물건을 모두 버린 탓이다.

그러니 이제야 아버지한테서 벗어났다는 말은 거짓말이다. 엄마가 거짓말을 할 수 있다는 사실은 오늘 처음 알았다. 적어도 엄마는 거짓말을 하지 않았다. 엄마와 대화를 하고 나면 늘 뒤가 남는다. 마음대로 다 말하는 것 같아도 무언가 앙금처럼 남아서 깨끗하지 못한 이 기분은 도대체 어디에서 오는 것일까?

오늘 엄마와 통화한 내용은 아무래도 수수께끼다. 내가 엄마한테 전화한 것도 수수께끼다. 이런 일은 영원히 극복될 수 없는 나만의 트라우마다.

변한다는 것은 무엇일까, 혼동 속에서도 편의점 알바를 가기 위해 고시원을 나왔다. 머릿속은 백만 가지 생각이 떠돌아도 행동은 습관대로 움직인다. 일탈이 찾아오는 순간은 언제일까, 내가 그 순간이 왔다는 것을 알 수 있을까? 그리고 내가 만나는 일탈은 어떤 모습일까?

무엇인가 다가오는 이 느낌을 말로 설명할 길이 없다. 촘촘하게 얽혀 있는 실타래를 풀어야 할 사람은 엄마다. 다시 엄마가 일으키는 사건을 기다려야 한다는 생각은 가슴을 서늘하게 한다.

노는 토요일이 있는 금요일은 머리가 깨질 것 같다. 종례 시간이 다가오자 두통이 났다. 엄마와 통화한 내용이 궁금해 집에 가고 싶은 마음을 참는 것도 힘들다. 사실, 가 봤자 별 뾰족하게 일이 해결되는 것도 아니다.

"야, 시간 괜찮으면 오늘 갈래?"

적절한 승준이의 등장. 태연이도 동의한다. 수훈이도 포함해서 넷이 연습실로 향했다. 길거리에서 간단히 꼬치를 하나씩 먹었다. 물론 태연이는 세 개를 더 먹었다. 연습 전에 많이 먹으면 힘들고, 너무 안 먹으면 허기져서 몸이 후들거린다고 한다.

지하로 계단을 내려가는데 촛대 모양의 전구가 켜져 있었다. 여닫이문 앞에 '미치거나 죽거나' 라고 쓰인 글귀가 몹시 치열함을 준다. 연습실 안은, 사방에 거울이 붙어 있는 것 외에는 휑하니 넓기만 했다. 우리는 문 오른쪽으로 일렬로 붙어 있는 의자에 앉았다. 승준이는 탈의실로 들어갔다. 수훈이는 몇 번 와 봤는지 일어나서 거울 앞에 달린 바를 잡고 다리의 각을 잡으며 몸을 가볍게 움직이고 있다. 수훈이가 춤을 추는 것은 몰랐다. 내가 쳐다보는 것을 느꼈는지 수훈이가 행동을 멈춘다. 연습생들도 한둘씩 들어오기 시작한다. 한번 우리를 흘깃거릴 뿐 탈의실로 향한다.

한둘씩 몸을 풀면서 각자 연습에 몰두하기 시작한다. 승준이가 나온다. 우리에게 주먹을 불끈 쥐어 보이고 정면에 있는 거울 앞에 선다.

승준이가 가볍게 몸을 풀면서 준비운동을 하더니 춤을 추기 시작한다. 음악도 없이 공간에 몸을 맡기고 승준이가 추는 춤에 나는 입이 벌어졌다. 마음먹은 대로 몸이 움직이는 춤추는 기계 같았다.

잠깐 만에 승준이는 온몸이 땀으로 흠뻑 젖은 채 우리 앞으로 다가왔다. 연습생들도 박수를 치면서 환호했다. 승준이는 여기서도 특별히 춤을 잘 추는 모양이다.

"너희를 위한 특별 공연이었어."

"멋있다!"

태연이가 황홀한 표정으로 말했다. 승준이가 흘리는 땀이 별의 눈물처럼 보였다. 수훈이만 많이 봐 왔던 모양, 가만히 있었다.

"아, 정말 멋있다!"

태연이가 칭찬을 아끼지 않았다. 감동적이었다. 솔직하게 감정을 드러내는 태연이도 가슴을 뭉클하게 했다. 이렇게 주변에 관심이 많았으면서 그것을 숨기고 지내 온 것이 가엾다는 생각마저 들었다. 도

대체 태연이에게 슬금슬금 어떤 일이 벌어지고 있는 것일까? 태연이 마저 변하고 있다.

"금연하면 덜 숨차지 않을까?"

태연이가 한마디 더한다.

"하, 고맙다. 그렇잖아도 그럴 생각이다. 가끔 잘될 수 있을까 하는 생각이 들 때, 담배 피우고 그랬는데, 이번에는 확실하게 마음먹으려고."

열심히 연습하고 자신을 몰입시키는 재주를 가진 승준이가 멋지게 보였다. 옆에서 수훈이가 팔짱을 끼고 그런 우리를 쳐다본다.

"수훈아, 너도 내일부터 다니자!"

"아직, 자신 없어."

"야, 이수훈 너도?"

소리를 지르며 묻는 태연이가 춤에 대한 선망이 있다는 생각마저 든다.

"승준이가 더 잘 춰."

수훈이가 풀 죽은 목소리로 말했다.

"야, 새꺄, 나는 그동안 피나는 연습을 했고 너는 망설이기만 했잖아? 지금은 당연히 내가 더 잘 춰야지."

"너는 소질이 있잖아?"

"너도 소질은 있어, 다만 처음부터 너는 잘하려고만 했잖아? 나는 내 소질을 믿지 않아. 연습을 믿을 뿐이지."

태연이와 나는 둘의 이야기를 듣다 연습실을 나왔다. 자질과 좋아하는 것에 대한 갈등이 문제로 보였다. 그들에게도 팽팽한 갈등이 있었다.

편의점 갈 시간이 빠듯하다.

"넌, 어디로 갈 거니?"

"학원."

"안 늦었어?"

"늦었지만 갈래."

오늘 나도 승준이의 다른 면을 보았다. 꿈이 있으니 저런 말도 할 수 있다는 생각이 들었다. 남의 일에 무심하던 태연이도 오늘은 유난히 관심을 보였다. 지하철을 타러 가는 태연이의 발길이 분주하다. 승준이와 수훈이가 품은 열망이 태연이의 마음을 흔들었다.

"춤 잘 추는 일, 완전 어려운 건데!"

"너 혹시 댄서를 바라는 것은 아니지?"

태연이의 지나친 관심에 나는 어깃장이 들었다. 태연이가 자기 이마를 툭 치면서 한번 웃고 만다. 태연이 정체도 드러났다. 태연이도 그의 엄마와 같은 꿈을 꾸고 있다. 느리게 가는 태연이와 속도가 안 맞았을 뿐이다. 지금에서야 태연이도 그것을 알게 되었을 것이다. '무한 경쟁'이라는 광고 카피가 사람의 마음을 전율시키던 때도 있었다. 광고는 사라졌지만 그것을 첨예하게 끌어낸 카피라이터의 송곳 같은 감성은 사람들 마음에 덩어리로 남았다. 그의 카피는 사회를 읽었다. 사회가 그러한데 태연이 엄마의 행동이 이상한 것은 아니다. 세상이 그럴 뿐이었다.

다만 그들이 나아가는 방향에 아무런 저항도 판단도 없는 나만 개념이 없을 뿐이다. 나는 그저 시간 속으로 흘러갔다.

식은 열정의 끝도 안다. 총무를 통해 그 허망한 몸짓을 한동안 보았다. 술을 마시고 남의 일에나 간섭하면서 시간을 보내던 것도 보았다. 그래도 그들은 갈 곳이 있고 비빌 언덕이 있기에 살아갔다.

붐비는 지하철 속의 저 무표정한 사람들도 각자 몫의 인생을 살아내고 있을 것이다. 모든 살아가는 사람들이 갑자기 위대하게 보였다. 총무도 버섯을 안주로 먹든 재배를 하든 스스로 선택을 한 것이다. 그다음은 그도 새로운 막을 열 준비를 할 것이다.

선택과 결정이 또 새로운 인생을 준비하게 한다.

내가 지금 선택해서 결정해야 할 것을 떠올려 본다.

지하철에서 내렸다.

9

상담 선생은 꾸준히 나를 찾았다. 내 기다림도 이제는 상담 선생이라는 생각이 들었고, 토요일은 으레 상담 선생을 만나려니 했다.

방을 걸레로 깨끗이 닦고 창문을 열었다. 끈적끈적 몸에 달라붙을 것처럼 뜨거운 열기가 방으로 들어온다. 무덥다. 바깥을 보니 아스팔트 위에도 열기가 오른다. 환기시키는 것을 포기하고 에어컨을 틀었다.

"장마가 오려고 이렇게 더운가 봐."

상담 선생이 문을 열고 들어왔다. 에어컨도 금방 틀어서 시원하지는 않았다. 냉장고에서 생수통을 꺼내 상담 선생에게 권했다. 상담 선생은 벌컥거리면서 물을 마셨다. 얼굴까지 발갛게 달아올라 있었다. 정말 갑자기 찾아온 여름 날씨다.

"상담은 방학 없어요?"

"방학? 생각해 보자."

상담 선생이 절반 남은 생수통 뚜껑을 닫으며 말했다.

"방학하면 걱정이다, 덥다고 하루 종일 에어컨 밑에 있는 것도 안 좋을 텐데."

붕붕 소리를 내면서 돌아가는 에어컨을 쳐다보면서 말하는 상담 선생의 목소리에 걱정이 담겼다. 이제는 상담 선생과도 헤어질 준비를 해야겠다. 내 곁에 영원히 남는 것은 없었다.

"편의점 일, 시간 늘리면 돼요."

"그래, 그러면 되겠다. 그리고 엄마한테 학원 보내 달라고 해."

"학원이요?"

"응. 이 동네에 비싸지 않은 학원이 있더라. 영어나 수학 중 선택해서 하나만 다녀. 심심하지도 않고 공부하는 재미도 괜찮아."

"엄마한테 학원비를 달라고 해요?"

나는 상담 선생이 농담하는 줄 알았다. 원래 실없는 소리를 잘했다. 그런 데다 얼굴까지 발개질 정도로 더위를 먹었다. 그런데 표정이 진지하다. 엄마와 연락하지 않는 것을 상담 선생도 알고 있다. 상담 선생이 내게 할애할 시간이 다 되어 가는 모양이다. 정말 친한 척하다가도 그들의 일정대로 행동한다는 것을 나는 일찌감치 알아 버렸다.

"엄마는 엄마야. 영락이보다 네 엄마가 마음 아파하고 계셔."

"아직 더워요?"

"너를 이만큼 키워 준 네 엄마의 진심을 알아야 할 시간이 왔어."

"방문을 열까요?"

"곧 알게 될 거야. 지금 선생님이 할 수 있는 말은, 사람에 따라 마음을 표현하는 방법이 다르다는 것은 꼭 기억해야 돼."

"엄마한테 무슨 일 있어요?"

"아니."

"엄마를 만났어요?"

"응."

어렵다. 아니, 혼란스럽다. 상담 선생은 비교적 내 편이 되어 말해 왔다. 지금은 아니다. 상담 선생은, 엄마가 여태 연락도 하지 않는 것에 대한 비난도 하지 않는다. 그것이 내 탓이라는 말처럼 들렸다. 나는 상담 선생을 망연히 바라보았다.

"선생님 혼자만의 생각인지는 모르지만 잘 들어 봐. 생명을 태어나게 하는 것과 태어난 생명을 사랑하는 것, 그 모두가 세상의 아름다운 이치라고 생각해. 때로는 이치대로 살아가지 못하는 경우도 있지만, 그것을 이해하고 받아들이는 과정에서 우리는 성장한다고 믿고 있어."

상담 선생이 더위를 먹었다. 펑펑 돌아가는 에어컨을 올려다보았다. 정말 잘 돌아간다, 팔에 소름이 돋을 정도로.

오늘은 상담 선생의 말투가 다분히 강압적이다. 억울하다. 나는 강압과 방임의 상태로 시간을 보내 왔다. 엄마의 기분대로 살아왔다. 상담 선생에게 엄마 냄새가 난다. 상담 선생에게 배신감이 든다. 나와 헤어질 시간이 되었다는 말을 해도 된다. 그들이 떠날 때, 나는 아무런 힘이 없다.

"정정당당하게 엄마에게 원하는 것을 말할 수 있으면 좋겠다."

상담 선생이 단호한 어조로 말했다.

"들어줄 것도 아닌데, 뭐하러 일일이 말을 해요?"

"네 마음은 늘 말하고 싶었잖아?"

"제대로 된 엄마를 원한 것뿐이에요. 엄마는 그저 이웃집 여자 같았어요. 제게 아무런 관심도 마음도 없이 자기 하고 싶은 대로 살아가는 사람이에요."

"그건 네 생각이고."

"그럼, 어떻게 나를 고시원으로 보낼 수 있어요?"

"물론 너를 여기로 보낸 것은 좋은 방법이 아니야. 하지만 사람마다 자기 문제를 해결하는 방법은 달라. 너에게는 좋은 방법이 아니어도 네 엄마의 입장에서는 최선의 방법이었다는 것을 생각해 봐."

"그러니까 엄마가 잘못하지 않았다는 말이잖아요?"

"그래."

"알았어요. 이제 가세요."

"그래. 선생님은 가 볼 테니, 엄마한테 가서 학원 보내 달라는 말은 꼭 해."

상담 선생은 1초도 망설이지 않고 그렇게 말했다. 상담 선생한테도 따돌림을 당하고 있다는 기분이 들었다. 결국 어른들은 모두 자기의 입장에서 말하고 강요한다. 잠깐만이라도 상담 선생을 믿은 내 잘못이다. 순간 이상한 생각이 온몸을 훑고 지나간다.

밖으로 뛰어나가 버스 정류장으로 가는 상담 선생을 쫓았다. 햇볕을 손으로 가리며 상담 선생이 나를 쳐다본다.

"엄마가 선생님을 순순히 만나 주던가요?"

"그래."

"무슨 말을 한 거예요?"

"네가 엄마를 찾아가면 들을 수 있어. 엄마는 너를 기다리고 있어."

"이제는 안 오실 건가요?"

"아니, 다음 주 토요일 날 보자. 안 온다는 말 안 했잖아?"

손 그늘 만든 손을 내려 내 등을 두드리고 상담 선생은 버스 정류장으로 갔다. 나는 한참을 서 있다 돌아섰다. 전화도 잘 받지 않는 엄마가 어떻게 상담 선생을 만났을지에 대한 궁금증보다 나를 기다린다는 말이 머릿속을 맴돌았다. 후끈한 날씨 때문에 셔츠 속으로 땀이 밴다. 당장 엄마에게로 달려가 확인하고 싶다. 나를 고시원으로 보낸 것이 최선의 방법일 수밖에 없는 엄마의 심정을 들어 보고 싶다. 그리고 상담 선생이 태도가 돌변한 것도 알고 싶다.

집으로 가는 대신 나는 다시 고시원으로 향했다. 어차피 내가 고시원에 있는 것이 모든 것을 증명한다. 엄마를 만난다고 달라질 것은 없다. 그동안 나는 엄마에게 많은 것을 겪었다.

총무가 없는 승리는 더욱 고요해졌다. 밤마다 내가 가져온 삼각 김밥과 샌드위치로 소주를 마시면서 하던 휘소리도 듣고 싶다. 아니, 오늘은 내가 묻고 싶은 말이 있다. 그렇게 몇 번을 실패하고 돌아가도 총무의 부모가 반갑게 맞아 주었는지, 그렇게 돌아가더라도 버림받을 것이라는 생각은 해 보지 않았는지 묻고 싶다.

방바닥에 주저앉았다. 벽이 내 앞으로 다가온다. 캄캄해진 벽면이 팩을 한 엄마의 얼굴로 바뀐다. 내게 엄마는 불안한 사람이었다. 언제 사라질지 모르고, 엄마의 역할을 타고나지도 배우지도 않았고, 자식은 없으면 더 좋다는 생각을 하는 사람이다. 고시원이지만 엄마가 나를 결국은 이런 식으로 버릴 줄 알았다. 생각했던 일이 다가온 것뿐이다.

세상에 혈연으로 이루어진 관계는 다 거짓이라는 생각을 했다. 부모가 나를 버리고 있는 상황에서 세상의 진실은 없었다. 상담 선생에게 잠시 마음을 주고 내 일상의 말을 털어놓은 일이 후회가 된다. 잠시 사람들에게 마음을 주면 기대치가 생긴다. 엄마에게 학원비를 달라고 하는 생각은 순전히 상담 선생의 머리에서 나온 말일 것이다. 엄마는 입시 학원이 있다는 것도 모를 것이다. 나를 상담하는 일이 슬슬 지겨워져서 찾은 핑곗거리가 학원일 것이다.

다음 주 토요일 날 상담 선생이 온다면 모른 척할 것이다. 나를 불안하게 하는 사람들에게 어떻게 대해야 할지를 몰랐다. 벽이 제자리로 돌아갔다. 아직 끄지 않은 에어컨에서 나오는 바람에 소름이 돋는다. 리모컨을 눌러 에어컨을 껐다.

유리창을 부술 듯이 내리쬐는 볕이 방문까지 늘어진다. 나는 엄마를 찾아가지 않을 것이다. 워낙 무더운 날씨라 금세 방안이 훅훅 달아오른다. 창문을 열고 밖을 내다보니 사람 한 명 지나가지 않는다. 다행이다. 만약 누군가 내 눈에 띄었다면 달려가 무작정 주먹을 휘둘렀을 것이다. 고시원의 좀비가 되고 있는 내게 아직도 이런 마음이 남았다는 것이 신기하다.

편의점에 갔더니 사장이 있었다.

"안녕하세요?"

"그래, 영락이는 성실해서 좋아. 성철이가 또 못 나온다는 연락이 와서 내가 대신하고 있었어. 여태 영락이는 한 번도 그런 적이 없었잖아?"

사장 얼굴을 보고 웃어 주는 것으로 대답을 대신했다. 사장의 칭찬에 오히려 성질이 났다. 감시 카메라를 보며 사장은 내가 가지고 가던 유통기간이 지난 음식이 들은 봉지에 의심을 품은 적이 있다. 나는 그날부터 편의점 간식거리를 가지고 오지 않았다. 다행히 밤마다 내 방에서 야식과 술을 마시던 총무는 내 핸드폰 번호도 묻지 않고

가 버렸다. 학교에서 와 보니 총무실에 낯선 남자가 있었다. 새로운 총무와는 눈인사도 하지 않았다.

간 자리는 또 다른 사람으로 메워지는지 손님들이 꾸준히 들어온다. 바코드를 찍으면서 부지런히 계산을 하고 있는데 나를 쳐다보는 눈길이 느껴진다.

엄마다.

냉장된 캔 커피를 내게 내밀고 계산을 요구한다. 나는 거스름돈을 내주고 고개도 들지 않았다.

"밖에서 마시고 있을게."

"⋯⋯."

나를 쳐다보더니 엄마가 밖으로 나갔다. 곁눈질로 보니, 간이 파라솔의 플라스틱 의자에 가방을 툭 놓더니 몸을 의자에 던지듯이 내려놓는다. 상담 선생과 만나서 어떤 얘기를 했고, 마음이 어떻게 바뀌었는지 의문이다. 한 달이 넘도록 찾아오는 일도 전화도 없었다.

매장 안에는 손님이 없다. 밖을 보니 엄마는 길 쪽을 보고 있다. 시간을 다투며 급하게 오지는 않은 모양이다. 빨리 나오라고 다그치지 않는 것도 변했다. 상담 선생이 엄마에게 학원비를 달라고 하라는 말이 떠오른다.

젊은 여자가 들고 온 스타킹을 계산했다.

밖으로 나가는 일이 망설여진다. 엄마는 여전히 이쪽은 쳐다보지 않는다. 젊은 여자의 뒤를 따라 밖으로 나갔다.

"이제 좀 한가하니?"

"왜 왔어?"

"쓸데없이 오지는 않아. 몇 시에 마치니?"

"열 시."

"그래, 그럼 기다릴게. 들어가 봐."

그래서 들어왔지만 엄마가 이상하다. 나를 바라보는 눈빛이 전과 다르다. 불안한 마음이 왜 드는지 모르겠다. 불량한 엄마지만 말을 할 때는 언제나 내가 밀리는 기분이 든다. 얘기를 하다 보면 나는 엄마의 뜻을 따르고 있었다. 이번에는 고아원에 가라는 말을 하기 위해 왔는지도 모른다. 천연덕스럽게 고시원으로 가라고 한 엄마다. 엄마는 못 할 말이 없는 사람이다. 내가 아무리 마음을 다잡아 먹어도 나는 엄마가 원하는 대로 살아지고 있었다. 내게 젊음의 에너지 따위는 자라지 않았다. 이유식을 하지 못한 결핍된 정신만 존재한다.

열 시가 되었다. 그 시간까지 엄마는 파라솔 의자에 앉아서 꼼짝도 하지 않았다. 무엇인가 골똘히 생각하는 모습이 시간 가는 것조차 의식하지 못하는 것으로 보였다. 교대를 끝내고 엄마가 있는 곳으로 갔다.

"끝났어."

"저녁은?"

"시간이 몇 신데?"

"뭐야? 확실하게 말을 해야지."

"안 먹어."

"근데 어쩌니? 너 기다리느라 엄마는 배고프다!"

미리 어디를 봐 두었는지 망설이지도 않고 엄마가 앞장을 섰다. 나는 엄마 뒤를 또 따라갔다. 이 짓도 그만둘 때가 지나지 않았는가?

24시간 하는 감자탕 집으로 엄마가 들어갔다.

"감자탕 하나요."

자리도 잡기 전에 주문을 하면서 안으로 들어갔다. 엄마와 마주 앉자 처음으로 엄마 얼굴을 본다. 얼굴이 노랗다. 여름만 되면 엄마는 밥을 잘 못 먹는다. 말랐으면서 여름만 되면 땀은 혼자 다 흘린다. 낮에 덥기는 꽤 더웠다.

"너도 참 싸가지 없는 자식이다!"

"뭐가?"

"어쩜, 그렇게 전화 끊고 찾아오지도 않니?"

"엄마나 잘 살라고……."

"언니, 여기 소주 한 병이요."

내 말은 들었는지 모르겠다. 전에도 했던 말 같다. 엄마가 손을 번쩍 들고 소주부터 시킨다.

"너도 좋지 않은 환경에서 자라니, 속도 아플 만하지. 근데 넌 엄마와 사는 게 불편하지 않았니?"

엄마 얼굴만 쳐다봤다. 이제는 엄마 입을 틀어막고 싶다. 도대체 입만 열면 가슴이 벌렁거린다. 무덤덤할 때도 지났다. 나도 너무한다.

"하긴, 어린 자식이 부모와 사는 게 불편해서는 안 되지."

가스 불 위에 감자탕이 올라가고, 엄마는 소주잔을 들었다. 거푸 두 잔을 마시더니 살이 많은 뼈다귀를 골라 뜯어 먹는다. 나는 숟가락을 들고 국물을 떠먹었다. 국물이 한 숟가락 들어가자 정신없이 배가 고팠다. 나도 살이 많은 뼈다귀를 골라 뜯기 시작했다. 감자탕 냄비가 바닥이 드러날 때까지 서로 먹는 데에만 열중했다. 엄마와 나는 서로가 더 먹으려고 안달이 난 사람처럼 정신없이 먹었다.

"국물에 밥 비벼 달라고 하자."

나는 고개를 끄덕이고 휴지로 손을 닦았다. 엄마와 나는 그동안 몇 끼를 굶은 사람마냥 감자탕 솥을 비웠다. 그런데 마주 앉은 이유가 있었는데.

"안 먹는다면서?"

"처음엔 그랬어."

밥은 천천히 꼭꼭 씹으며 여유 있게 먹었다.

"상담 선생 좀 질기더라."

"뭐가?"

"너를 왜 고시원으로 보냈는지, 너를 돌볼 마음이 있는지 꼬치꼬치 묻더라."

"그래서?"

"너를 고시원으로 보냈지만 너는 영원한 내 자식이라고 말했지."

"정말 그렇기나 한 거야?"

엄마가 잠시 나를 물끄러미 쳐다보다 눈길을 피했다.

"한참 동안 엄마를 쳐다보고 하는 말이, 사랑을 표현하는 방법에 따라 네가 상처를 받을 수 있다는 말을 하더라."

고개를 옆으로 돌린 채 엄마가 말했다. 상담 선생이 내게 했던 말이다.

"엄마한테 사랑이 있다는 말이네. 상담 선생 약간 이상해."

분위기가 괜히 심각해지는 것 같아 나는 일부러 장난치듯 말했다. 괜히 심장이 두근거린다.

"상담 선생도 엄마가 이상하다고 그러더라."

"……."

나는 대답을 못했다. 엄마와 내게는 이상한 것투성이다. 이런 대화 자체도 이상하다. 나는 밥을 숟가락에 가득 담았다. 오늘 처음 먹는 음식이다. 내 입으로 음식이 들어오는 대가로 '이상한 사람'이 된 엄마를 아무렇지 않게 대하기로 했다. 음식값을 치르는 것이라고 생각하면 된다.

나를 고시원으로 보낸 엄마지만 엄마도 늘 불안하게 살고 있다는 것을 알고 있다. 단지, 엄마라는 사실을 자주 까먹는 건망증이라는 난치병이 있을 뿐이다. 밀물과 썰물이 오가듯 엄마가 들어올까 아닐까를 생각하던 밤의 게임이 생각난다. 엄마의 일상도 평탄치 않았을 것이다. 엄마에게 나를 제외한 인생은 없다고 믿었다. 고아원과 청소년 쉼터에 넘치는 아이들이 증거다. 최소한의 상황이지만 내 입장을 보는 데는 너그러운 마음이 있다. 아직까지 엄마에게 집착하는 것이 증거다. 그래도 엄마에게 수시로 드는 알 수 없는 불안을 떨칠 수 없었다. 그 마음의 정체를 나 스스로도 찾지 못했다. 엄마는 불가사의다.

"너도 엄마가 이상하지?"

한참 만에 엄마가 물었다.

"응."

엄마가 소주를 한 잔 더 따라 마셨다.

"네 아빠 보고 싶니?"

"세상에 없는 거나 마찬가지라며?"

"눈에서 안 보인다고 보고 싶지도 않니?"

"집에 있을 때는 그랬지만, 고시원 와서는 별로."

"네 아빠를 엄마가 참 좋아했지. 너, 엄마와 아빠 결혼사진 본 적 있니?"

생각해 보니 없다. 엄마가 아버지 말을 꺼내는 것을 싫어해서 혼자만 아버지 생각을 했지 따로 사진을 갖고 있는 것도 아니었다. 아버지에 대한 물건이 없으니 당연히 사진도 없었다. 나도 엄마 건망증을 닮은 모양이다.

"결혼을 안 했으니 사진이 있을 리 없지."

아버지와 엄마가 결혼하지 않았다는 말에도 나는 놀라지 않았다. 그냥 그랬었구나, 했다. 가족의 뿌리가 뽑힌 마당에 결혼식이 무슨 대수인가 하는 생각만 들었다.

엄마가 잠시 멍하니 허공을 바라본다. 그 눈빛에는 아무것도 담겨 있지 않았다. 그저 잠깐, 인생을 비운 주검의 상태가 오히려 편안하다는 느낌을 주었다. 엄마는 쉽게 살지 않았다. 늘 갈등하는 몸짓이었다. 내가 그것을 눈치채고, 나는 엄마의 불안에서 또 갈등했다. 갈등은, 극적인 긴장감을 주지만 현실에서는 사람을 아주 초췌하게 만드는 아주 몹쓸 물건이라는 것을 나는 어려서부터 깨치고 있었다.

"너를 처음 봤을 때가 두 돌이 지날 무렵이었지."

감자탕집이 정전이 됐다. 눈앞이 캄캄해지는 것이, 정전이 아니면 이럴 수 없다.

— 너를 처음 봤을 때가 두 돌이 지날 무렵이었지.

분명 엄마가 한 말이다.

"죽은 건 네 엄마야, 아빠가 아니고! 그렇지만 돌이켜 보면 아빠도 네 엄마를 따라 죽어야 할 목숨이었어. 엄마가 제주도에서 네 아빠를 만난 것도 따지고 보면 너를 만나기 위한 운명이었던 것 같아. 네 아빠는 엄마 옆에서 삼 년도 안 되는 시간만 머물렀지만 너는 벌써 몇 년이니?"

심장이 멎었다. 내 앞에 있는 사람은 누구일까? 엄마 말이 이해되지 않았다. 그래도 내 엄마라고 생각했다. 믿어 의심치 않았다.

"엄마는 네 아빠에게 모든 사랑을 퍼부었어. 하지만 사랑도 유효

기간이 있더라. 네 아빠는 진력이 났는지 아니면 영락이 네 친엄마를 못 잊었는지 엄마의 과도한 애정에 진저리를 치더라. 네 아빠가 엄마에게 한 말이 있어. 너무 몰입하면 다른 것을 잃는다고. 나중에 알았지, 잃은 것이 무엇인지."

친엄마도 아니면서 나를 지금까지 키워 왔다는 말이다. 그 말을 남의 집 얘기하듯이 태연하게 하고 있다. 역시 엄마는 사고의 고수다. 내 머리는 완전 빅뱅이다.

"네 아빠를 잃었지만 엄마는 너를 얻었어. 무조건 잃기만 하는 것은 아니더라. 하지만 지금 생각하면 네 아빠도 참 무책임한 사람이야. 엄마가 너를 안 버린다는 믿음을 어떻게 지금까지 가질 수 있니? 네 아빠 너무하지 않니?"

엄마 말을 못 알아듣겠다. 지금은 아무 말도 들리지 않는다. 내가 엄마 아들이 아니었다는 믿기지 않는 사실에 온몸이 굳은 상태다. 엄마만 주말 연속극 내용을 말하듯 담담한 표정이다. 아버지가 너무하다고? 엄마가 너무하다. 겨우 고개를 들고 엄마를 바라보았다. 입술을 씰룩이며 엄마는 내게 동의를 구하는 표정이다.

여전히 나는 엄마가 내게 원하는 말을 찾지 못하고 있다. 아버지가 너무하다고 했나? 친엄마가 죽었다는 것을 내가 안다고 물었던가? 태어나서 만 2년을 사는 동안의 기억은 내게 전혀 없었다. 아니, 그 이후 몇 년의 기억도 가물가물하다. 인간의 기억력이 이렇게 무책임했던가?

"하여튼 이제 그만 집으로 가자!"

엄마의 가당치도 않은 말이 또 시작되고 있었다.

"확실한 이유도 있네. 자식도 아닌 나 때문에 신경 쓰지 말고 그 아저씨랑 잘 사는 일만 남았네!"

"모자란 소리 그만하고 집으로 가자."

"나하고 같이 살 이유가 하나도 없잖아?"

"오라고 할 때 와."

내가 싫다고 하면 정말 그렇게 될까 봐 대답을 하지 못했다. 엄마는 내가 받은 충격 따위는 생각지도 않는다. 내게 할 말 다했으니 알아서 하라는 표정으로 소주를 더 따라서 마신다. 다시 내 머리는 엄마의 익숙한 배경으로 돌아왔다.

"낳았다고 다 부모냐? 하나는 병으로 죽고, 또 역마살 끼어서 집 나가고, 그런 너를 이만큼 키웠으면 내가 엄마지, 누가 엄마야?"

내가 부리던 투정을 엄마가 한다.

"밥 안 해 줄 때부터 알아봤어야 해."

"알아보면 어떡할 건데?"

"더 빨리 집에서 나와 줬을 거 아니야?"

"그봐, 네 아빠처럼 말이지. 너도 내 자식 아니라는 말을 듣게 될까 봐, 그럴까 봐 두려웠어. 지금 이렇게 말하는 것이 잘하는 일인지 모르겠지만 한 번도 네가 내 자식이 아니라는 생각을 한 적은 없어, 지금도."

엄마가 몹시 흥분하고 있음을 알 수 있었다. 목소리가 떨렸다. 눈가의 푸른 정맥에는 경련이 일었다. 술 탓만은 아니다. 무엇이 엄마를 여기까지 달려오게 했을까? 오래도록 엄마 가슴에 묻어 둔 사실을 이제 말하는 이유는 무엇일까?

엄마가 울고 있었다. 나는 엄마의 눈물을 처음 본다. 남자와 헤어진 것일까? 나는 이 순간의 감정을 어떻게 쏟아 내야 할지 순서가 잡히지 않았다. 남자와 헤어질 수 있다는 추측에 기쁘기도, 엄마의 아들이 아니라는 사실에는 머릿속에 혼탁한 폐유가 들어찬 느낌으로 뒤죽박죽이었다.

엄마가 집으로 돌아가고 나는 승리로 왔다. 엄마는 무언가 더 말하려고 했지만 단순히 눈물이 복받치는 이유로 황급하게 돌아갔다. 내게 눈물을 보이는 것을 못내 민망해했다.

앞으로 엄마를 믿고 마음껏 투덜거릴 수 있을지 모르겠다.

— 너를 처음 봤을 때가 두 돌이 지날 무렵이었지.

오늘처럼 엄마가 엄마라는 강렬한 느낌은 처음이다. 늘 의심했지만, 그 의심을 한 번도 의심하지 않으려고 애썼다. 역시 엄마는 고수다. 지금도 나는 엄마의 말이 실감 나지 않는다. 엄마는 내가 엄마 친아들이 아니라는 말을 아무렇지 않게 했다. 그러면서 집으로 들어오라는 말도 했다.

사람이 사는 곳은 집이다. 집에는 엄마가 있어야 한다. 그래서 나는 엄마가 있는 집으로 돌아가려고 했다. 불과 얼마 전까지 했던 생각이다. 과연, 현실의 나는 집으로 돌아갈 수 있을까? 이제는 내 몸이 허락지 않을 것 같다.

연두색 이불을 덮고 누웠다. 이불 속에 누워서 엄마에 대해 편안한 마음이 드는 것도 처음으로 느낀다.

꿈에, 엄마가 친구들과 놀러 간 제주도의 유채꽃이 끝없이 내 앞으로 펼쳐졌다.

10

기말시험이 끝나는 날, 나와 태연이는 중미산 천문대로 교복을 입은 채 바로 왔다.

시험만 끝나면 극심한 우울증에 시달리는 태연이를 위해 그리고 출생의 비밀을 알았어도 덤덤한 내 영혼을 일깨워 주고 싶었다. 내 안의 촉수들은 느끼고 있었지만 내가 외면했던 사실일 수 있다.

무의식의 세계는, 나약하고 소심하고 책임감이 없었다. 분명, 내 의식은 알고 있었다. 내 안의 두려움이 그것들을 자꾸 의식 너머로 밀쳐 냈다. 다른 방법으로 엄마에게 나를 드러내기 위해 노력했다. 엄마는 나를 받아 준다고 생각했다. 내 생각은 맞았다.

사람의 기억은 참 자신에게 유리한 방향으로 각색되고 편집된다. 아버지가 너무하다는 엄마 말이 맞다. 두 살 때의 내 기억은 상실되었지만 집을 나간 아버지가 다정했다는 것은 내 기억의 과다한 각색이다. 아버지는 집을 자주 비웠다. 지금 생각하면 그것은 아주 나쁜 행동이었다. 엄마는 아버지가 들어오지 않는 밤마다 꼿꼿하게 앉아서 문에서 시선을 떼지 않았다. 내가 엄마를 기다렸듯이. 문에서 벗어난 엄마의 시선은 밖에서 맴돌았다. 엄마도 아버지를 떼어 내려는 데는 많은 시간이 필요했다. 그렇지만 엄마의 마음에서 아버지가 뚝 떼어졌는지는 모르는 일이다. 내가 아버지의 아들인 것은 부정할 수 없다. 엄마에게 나는 무엇으로 남은 것일까? 내가 엄마의 아들로 살아갈 수 있는 것인지 의문도 든다.

어른도, 아니 누구나 자신의 상처를 치유하려면 시간이 필요하다. 엄마는 그 시간을 다 보낸 것일까? 지금의 엄마에게 남은 상처는 무엇일까? 산기슭을 올라가면서 집요하게 엄마에 대한 생각이 내 머리를 떠나지 않았다. 정확히 말하면 엄마에 대한 생각이 아니라 나에 대한 생각이라는 말이 더 맞을 것이다. 이성적으로 말하면, 나는 엄마를 미워해야 했고 고시원에 와서는 찾지 않아야 했다. 그런데 그러지 못했다. 엄마와 나 사이에 무엇인가 흐르고 있다. 엄마와 나 사이에 유전자보다 강한 것이 존재하고 있다.

주기적인 우울증을 앓는 태연이가 입을 꾹 다물고 있는 것이 다행이다. 태연이가 가끔 달려온다는 천문대는 산 중턱에 자리 잡고 있었다. 짙은 녹음 속에 숨겨진 천문대에 도착하니 새로운 세상 같다. 세 개의 망루에는 원으로 돌아가면서 여러 대의 망원경이 하늘을 향해 팔을 벌리고 있었다. 통나무 민박집은 텅 비어 있었다. 경험 있는 태연이 덕분에 가방에 라면도 몇 개 있다. 방학이 아니면 매점이 문을 열지 않는다고 했다.

통나무집으로 들어와 체육복으로 갈아입고 라면을 끓였다.

라면을 먹고 태연이와 나는 바닥에 누웠다. 배부르고, 열어 둔 창문으로 시원한 숲 속 바람이 불어오고, 햇빛은 적당히 나른했다. 최소한 열 시는 넘어야 별자리를 볼 수 있다고 한다. 도시의 불빛에 잠식되어 점점 별들이 모습을 드러내기 힘들어진다며 태연이가 통나무집 민박을 원했다. 태연이가 무단결석을 했던 이유다.

우리에게는 충분히 자고 일어나도 될 만큼 시간이 남았다. 밤이 될 때까지 기다리면 된다. 아무것도 할 일이 없었지만 무료하거나 답답하지 않았다. 다가오지 않는 엄마를 잡으려 했던 일이 떠오른다. 내가 그렇게 하면 잡힐 줄 알았다. 이제는 엄마를 이해해야 한다. 다시 내게 임무가 주어졌다.

오랫동안 잠이 들었는지 일어나니 사방이 해뜩하니 어두워졌다. 태연이를 깨웠다. 경기도까지 오는 시외버스를 타고, 시내버스도 갈아탔다. 중미산까지 오는 대중교통이 없어 걷기까지 해서 몹시 피곤했다. 태연이가 몇 번 몸을 뒤척이다 눈을 떴다.

"어두워졌어."

"나가 보자!"

맑은 하늘에서 반짝이는 별빛과 어둠을 쪼개는 반딧불이의 낮은 비행은, 우리가 신화의 주인공이 된 기분을 느끼게 해 주었다. 태연이와 나는 망원경을 하나씩 차지하고 우주를 내다봤다. 여름밤에 별을 관찰하는 일이 꽤 신비로웠다. 눈앞으로 바싹 다가온 별은, 몽유병에 걸린 연인들 같았다. 몽환적이다. 제주도의 유채꽃을 보며 함박웃음을 짓는 엄마 얼굴이 돋아난다. 그해 여름부터 엄마는 병을 앓고 있었다.

"방학 시작하면 사람들 되게 많아."

엉덩이를 뒤로 빼고 말하는 태연이가 덩치 큰 초등학생 같다. 의자가 없는 게 흠이다. 나는 망원경에서 눈을 떼고 맨눈으로 하늘을 올려다보았다. 사방으로 빼곡하게 들어찬 어둠이 하늘의 암청색을 더욱 돋보이게 했다. 내 죽은 엄마가 저곳에 있다는 생각에 사뭇 가슴이 두근거렸다.

가끔씩 나타나 내게 환상을 보여 주던 M의 정체를 엄마라고 믿었다. 나를 응원하기 위해 믿지 못할 영상을 보내 준 것은 엄마였다. 홀로그램의 영상 속에서 나는 엄마의 따뜻함을 믿었다. 죽은 엄마는 내 의식의 밑바닥에도 없었다. 나는 그렇게 간절하게 내 엄마의 사랑을 의심치 않았다.

"영락아, 너 혹시 광개토대왕이 우리나라에서 처음으로 사용한 연호와 네 이름이 같다는 거 아니?"

"그래?"

"광개토대왕은 우리와 같은 나이인 열일곱 살에 고구려 왕이 됐어. 여기서 별을 보고 있으면 과거의 인물과 내가 하나가 되는 느낌이 들어. 광개토대왕이 아직도 우리에게 기억되듯이 나도 누군가의 마음에 남고 싶어."

"천문학자로 말이지!"

태연이의 말이 순수하게 들린다. 끝까지 운동장을 돌던 태연이의 우직함이 생각난다. 지금에야 그런 것도 태연이가 자신을 지키는 과정이라는 것을 알았다. 태연이의 우울증도 이제는 약물치료 없이 완치 단계로 들어서기를 바란다. 나를 통해 태연이는 자신을 치료하고 있었다. 정작 태연이는 모르지만 눈치 구 단인 나는 안다.

태연이가 고시원에 있는 나를 부러워했다는 것은 거짓말이다. 그날은 태연이가 제로섬의 법칙을 이해한 날이었다.

그날의 삼각 김밥과 샌드위치는 그렇게 태연이의 마음을 굳혀 갔다. 처음부터 내 옆방에서 살겠다는 말도 그다지 심각하게 듣지는 않았다. 장염으로 이삼 일 넘게 고생하고 화장실을 들락거리는 태연이가 오히려 나를 우울하게 했다. 유통기간이 지난 음식이 들어와도 끄떡없는 내 위장과 불편한 세면실에 단련된 내 몸을 보면서 사람은 환경에 적응하는 동물이라는 것도 알았다. 태연이의 적응 속도도 수준급이다.

태연이가 망원경에서 눈을 떼고 먼 하늘을 바라보았다. 나도 태연이 눈을 좇았다. 도심의 불빛에 스러진 별이 여기에 다 모였다. 태연이를 지켜 주는 별이 있는 곳이다. 이곳이 태연이의 도피처라는 생각도 했다. 그렇지만 태연이가 여기서 새로운 에너지를 얻고 충전할 만했다. 도피가 아니었다. 내 몸속에 무궁하게 들어 있는 에너지를 나는 사용할 줄 몰랐다. 승준이의 춤에 대한 에너지, 태연이의 별에 대한 에너지, 그리고 지금 내 에너지가 말을 걸려고 한다. 여태 잠잠했던 M의 태생을 별을 보면서 알았다. 결핍이었다는 것을.

별자리를 보고 통나무집으로 들어왔다.

통나무로 지은 집에서 향기가 났다. 낮에는 라면을 끓이느라 향기를 못 느꼈다. 망루에 오랫동안 서 있었더니 다리가 뻐근하게 저렸다. 환기도 안 되는 승리의 방에서 자던 습관이 있어 몸이 움츠러들었다. 다리를 가슴까지 웅크리고 옆으로 누웠다.

"여기 오면 별뿐만 아니라 주위가 고요해서 좋아."

"그래?"

고요하면 나는 무서웠다. 모두가 나를 떠난 것 같아서 외로웠고 외로움은 내 심장을 눌렀다. 내게 여기는 고요하지 않았다. 별이, 나무가, 공기가 모두 내게 말을 걸었다.

태연이가 밖으로 나가자고 손짓을 한다. 태연이는 피곤한 기색이 없다. 밤 한 시가 넘었다.

"더 어두워지면 보이지 않던 별이 나타나."

"그 별이나 저 별이나 다 같은데."

그러면서 나도 망루로 향했다. 통나무집을 나올 때, 태연이가 불을 끈 게 이해가 되었다. 조금 전보다 하늘에는 더욱 많은 별들이 반짝였다. 발끝에는 어둠만 채일 뿐 아무것도 보이지 않았다. 더듬거리며 망루에 올라서자 태연이가 망원경 앞으로 다가섰다. 나는 바닥에 앉았다. 망원경은 내게 필요 없었다.

"명왕성도 태양을 도는 하나의 행성이었어. 그런데 최첨단 망원경의 출현으로 명왕성은 행성이 아니라 위성에 불과하다는 사실을 천문학자들이 밝혀냈어. 신분이 떨어진 거야. 그래서 명왕성이라는 이름을 반납하고 플루토가 되었지. 명왕성의 마음은 어떨까, 바뀐 자신의 위치를 비관해서 혹시 우주에서 커다란 폭발을 하지는 않을까?"

"교신하니? 그럼 명왕성한테 물어봐."

"명왕성이 너한테 물어보라고 하는데?"

나는 킥킥거리고 웃고 말았다. 태연이, 은근히 귀여운 구석이 있다. 엄마는 내가 왜 마음에 들었을까. 엄마 앞에서 큰 소리로 웃은 기억이 없다. 만날 툴툴거리고 대드는 것이 다반사였다.

집으로 들어오라는 엄마의 성화도 잦아들었다. 엄마가 내게 사정하거나 매달린다는 것은 상상도 할 수 없는 일이었다. 감자탕집에서 돌아간 후, 엄마는 내게 몇 번 전화를 했고 두 번씩이나 승리로 찾아왔다.

"이렇게 안 들어올 줄 알았으면 남의 새끼라는 말, 안 하는 건데."

후회의 말도 했다.

"그래도 너는 엄마 아들이다!"

당부도 했다.

"인생이 막 싫고 괴롭고 그런 거는 아니지?"

걱정도 했다.

그동안 나는 엄마의 행동에 길들여져 있었다. 그 정도의 말에 충분히 감격했다. 그렇지만 엄마의 속을 썩이기 위해 일부러 집으로 가지 않는 것은 아니다. 엄마는 여전히 내 엄마다. 불량한 엄마를 나는 두돌 전부터 사랑했다. 명왕성도 그렇다고 한다.

"명왕성이 빨리 대답하래?"

태연이가 대답을 재촉했다.

"명왕성의 존재가 바뀌었어도 그 이름에 대한 추억은 그대로겠지."

"그렇지! 속상해서 폭발은 안 하겠지."

"네 엄마에게 너도 플루토든 명왕성이든 상관은 없을 거야."

태연이가 망원경에서 눈을 떼고 나를 멍하니 바라본다. 나는 못 본 척하고 먼 하늘에 눈을 주었다.

저 멀리서 M이 별똥별이 되어 떨어지는 것이 보였다. 나는 속으로 작별을 고했다. 이제 M은 나타나지 않을 것이다.

그렇게 밤이 깊도록 우리는 망루에 있었다.

태연이와 나는 교무실로 불려 갔다.

천문대에서 새벽녘에 잠이 들었다. 첫차를 타려고 했지만 둘 다 가물가물 쓰러졌다. 일어나니 해가 중천에 떠서 이글거렸다.

나는 무단결석, 태연이는 아파서 한 결석이지만 담임은 둘 다 불렀다.

"누가 먼저 말할래?"

"늦잠을 자느라……."

"그러니까, 어디서 잤냐고?"

담임이 내 말을 자르고 나섰다.

"시험도 끝나고 해서 천문대에 갔어요. 새벽에 첫차 타고 등교하려고 했는데, 자느라고 이렇게 됐어요."

"그동안 태연이는 엄마한테 말씀드리고 갔던 거야?"

"아니요. 말해 봤자 허락 안 하실 거니까 그냥 갔어요."

"그럼 네 엄마가 거짓말하신 거네."

"예."

우직하게 태연이가 대답했다.

"선생님이 그렇게 누누이 말했잖아, 함께 사는 사회라고. 가정도 마찬가지다. 정직하게 엄마한테 말씀드리기 곤란하면 선생님한테 말하고 가. 결석 처리 안 하고 체험 학습으로 처리할 테니. 태연이는 엄마한테 선생님 말 꼭 전해라."

"예."

이번에는 우렁찬 목소리로 태연이가 대답했다.

"그리고 영락이 너는 왜 안 하던 짓을 했지?"

"예? 명왕성 때문에……."

"뭐?"

"아니, 그게 아니라 새로운 마음으로 공부를 시작하려고 제가 가자고 했습니다."

"공부를?"

"예, 공부를 시작해 보려고요."

"하긴, 영락이 너는 숨 쉬는 시간도 줄여 가면서 공부해도 모자랄 성적이다. 그럼 네 말은 다음 시험 때 확인해 보도록 하자."

"고맙습니다."

"운동장 안 돌려면 열심히 해."

"예."

태연이와 내가 합창했다.

교무실을 나오면서 담임의 '함께 사는 사회'가 좋다고 생각했다. 태연이를 위해 운동장을 뛰었던 일도, 특별히 나를 생각해서 상담 선생을 보내 준 것도, 천문대에 가려면 담임한테 먼저 말하라는 것도 함께 사는 사회일 것이다. 담임이 교장 비위를 맞추는 데 전전긍긍했다는 것도 내게는 아무 의미 없는 말이다. 그것도 함께 사는 사회를 위한 담임의 다른 방법으로 생각하면 된다.

위인의 꿈을 이루기 위해 수훈이를 다독이는 승준이 마음도 그럴 것이다. 교실에서 우리들은 서로에게 격려를 받는다. 다른 부분이 부딪쳐 아프더라도 상처는 아물게 된다.

교실로 돌아와 수업을 받는데 선생들의 안 듣던 말을 들으려니 머리가 지끈거렸다. 태연이는 여전히 옆에서 곰처럼 앉아 있다.

174

상담 선생의 전화번호가 뜬다.

"고시원 들어가기 전 모퉁이에 있는 빵집이야. 그리로 와라."

상담 선생의 호출이다. 나는 주섬주섬 옷을 입고 상담 선생이 기다리는 빵집으로 갔다. 요즘 들어 햇볕은 아침저녁을 가리지 않고 퍼부었다. 기나긴 여름을 예고하는 강한 펀치다.

"빙수 먹을래?"

내가 의자에 앉기도 전에 상담 선생이 물었다. 성격 급하기로는 어디 가도 빠지지 않을 것이다.

"상담은 방학 없냐고 물었지?"

빙수가 나왔다. 왠지 허전한 마음이 든다.

"여전히 시험은 죽 쑤었지?"

"그렇지요, 뭐."

"책 덮으면 공부가 쉬운 것 같고, 펴면 다시 캄캄해지지?"

상담 선생을 쳐다보고 히죽 웃었다. 상담 선생은 괜히 사람을 웃게 만든다. 급한 성격이 상담 선생의 자질에 어긋나 보여도 어울리는 구석이 있다.

"무식한 것도 병이다. 학원 나가라니까 아직도 말 안 들어?"

"여름방학은 혼자 지내 보고요."

"그래. 혼자 바닥을 차고 일어나는 것도 바람직한 일이지. 공부 잘하는 것도 힘든 일이야. 몰두해서 열심히 해 봐."

"고맙습니다."

"빙수 녹는다. 어서 먹자."

수북하던 하얀 얼음이 슬슬 녹고 있었다. 상담 선생과 나는 빙수를 먹기 시작했다. 빵집의 에어컨 바람과 빙수에 심장이 서늘해진다. 상담 선생과도 곧 헤어질 시간이 다가왔다.

"우리 구월에 다시 만나자."

"예."

나는 고개도 들지 않고 대답했다. 구월에는 요식적인 만남이 될 것이다. 그리고 상담 선생은 다른 곳에서 자신의 역할을 해 나갈 것이다. 끝까지 우아하게 헤어질 것을 예고해 주는 상담 선생 정도면 괜찮다. 아버지처럼 느닷없이 도망치는 사람은 이제 내 앞에 나타나지 않았으면 좋겠다.

"그때까지 방학 숙제가 있는데?"

고개를 들고 나는 상담 선생을 쳐다보았다.

"네 엄마를 만나는 일은 어려웠지만 만나서 말하기는 아주 쉬웠어. 네 엄마는 너를 참 사랑하시더라. 그만큼 마음의 상처도 깊고. 그래서 하는 말인데 이번에는 네가 엄마의 상처를 치료해 주면 좋겠어."

"제가 치료를 해요?"

"네 아빠가 떠났듯이 너도 혹시 그렇게 떠날까 봐 하는 불안한 마음이 그런 과잉 행동으로 나타난 것으로 보면 돼. 상처는 부딪치는 대상이 있어야 생기는 거잖아? 너도 엄마 때문이지만 엄마도 너 때문에 상처를 받은 거야. 이번에는 네 차례야."

"어떻게?"

"네가 엄마를 떠날 것이라는 생각을 할 수 있냐고? 엄마는 충분히 그렇게 생각할 수 있지. 네 아빠한테 받은 상처를 그 아저씨가 회복시키는 데 도움을 주고 있지만 그래도 확실한 것은 네가 있어야 한다는 거야."

"근데, 어떻게?"

"뭐가 어려워? 그냥 엄마에게 너는 확실한 아들이라는 것을 보여주면 되는 거지. 학원 보내 달라고 떼를 부리든가, 반찬 좀 맛있게 해 달라고 하면서 말이야. 그런 면에서는 과거에 화려한 경력도 많잖아?"

"제가 마냥 애처럼 굴 수는 없지요."

"폼 그만 잡고!"

말은 그렇게 했지만 예견대로 상담 선생의 역할이 끝나고 있었다. 그리고 내 곁을 떠날 것이다. 상담 선생에게 정이 들었다. 기억에 남을 사람이 있다는 것은 좋은 일이다.

빙수 그릇 바닥에 팥이 잔뜩 남았다. 엄마는 팥을 싫어했다. 먹으면 꼭 설사를 한다고 했다. 나도 팥이 싫다.

파란색 스트라이프 무늬의 남자는 아직 어색하다.

엄마가 그 남자와 승리로 왔다. 엄마가 이럴 필요까지는 없는데 수

년간 간직한 비밀을 발설한 것에 대해 스스로 감당하지 못하고 있다. 내 앞에서 수시로 내가 미쳤지, 하고 말하는 것을 보면 알 수 있다. 그렇지만 나는 그 말을 들으면 내가 엄마의 완벽한 아들이라는 생각이 든다.

엄마도 정말 엄마의 방법으로 나를 완벽하게 사랑했다. 명왕성이 내게 건넨 말은 사실이었다. 플루토든 명왕성으로 부르든 실제로 존재했던 것은 변함없으니까. 엄마도 내게 늘 엄마로 존재한다.

상담 선생 대신 요즘은 엄마가 자주 온다. 혹까지 달고.

"앉을 데도 없는데 밖에 나가 뭐 먹자."

방으로 들어오지도 않고 엄마가 문고리를 잡고 말했다.

"알바 가야 하는데."

"만날 돈 버는 주제에 고시원 방값은 왜 못 내? 어서 나와."

엄마 손에 이끌려 예전에 갔던 삼겹살집으로 갔다. 여전히 사람들이 많다. 다른 사람이 보면 우리도 한 가족으로 보일 것이다.

삼겹살을 시키고 소주를 시키는 엄마의 행동은 예전과 다름없었다. 스트라이프가 있는데도 말이다. 스트라이프는 엄마의 소주잔이 비면 얼른 술을 따랐다. 비굴하기보다 엄마 마음을 이해해서 다독이려는 행동으로 보였다. 그렇다고 대머리에서 벗어나지는 못할 것이다. 상추에 삼겹살을 싸 먹는 척하면서 나는 스트라이프를 몰래 훔쳐봤다.

"네 상담 선생 지독하더라."

엄마는 스트라이프가 옆에 없는 듯이 말했다.

"뭐가?"

"엄마가 그날, 너한테 가서 그 말까지 하게 만들었잖아? 괜히 할 필요도 없는데. 엄마는 네가 당장 죽기라도 하는 줄 알았어."

"내가 왜 죽어?"

"그러게 말이야. 멀쩡하게 삼겹살만 잘 먹고 있는데. 엄마가 정신이 깜박 나갔지 뭐니? 근데 너는 이 아저씨가 그렇게 싫어?"

그렇게 말하는 엄마가 더 싫다. 사람 있는 데서 그런 말을 묻는 엄마는 여전히 내가 두 돌 때부터 정신이 나가 있는 상태다.

"엄마는 아저씨가 그렇게 좋아?"

"그럼!"

"그러니까 둘이서 사세요."

"그래도 너 없으니 심심하다. 들어와라."

"가을에 이사한다며? 그때 생각해 볼게."

젓가락을 들고 삼겹살을 뒤집으며 나직한 목소리로 말했다. 지금은 고시원에서도 바쁘다. 알바를 해서 모은 돈으로 노트북을 샀고, 인터넷 강의를 듣는데 너무 어렵다. 집에서는 엄마 목소리가 너무 크다. 방해가 된다. 집을 나왔는데 혼자만의 시간을 갖는 것도 괜찮은 일이다. 이제야 나는 독립해서 혼자 살아가는 일에 재미를 붙이기 시작했다.

지금은 때가 아니다. 엄마와 함께 살자니 아직은 스트라이프가 마음에 걸린다. 그래도 내게 선택권이 있다는 것은 즐거운 일이다.

"여기, 사이다 한 병이요."

스트라이프가 갑자기 큰 소리로 주문을 했다.

"목도 축여 가면서 먹어."

멀뚱거리는 내게 스트라이프가 사이다를 컵에 가득 따라 준다.